Atavismes

COLLECTION POLYGRAPHE
créée et dirigée par
Éric de Larochellière et Alain Farah

Le Quartanier Éditeur
4418, rue Messier
Montréal (Québec) H2H 2H9
www.lequartanier.com

RAYMOND BOCK

Atavismes

histoires

COLLECTION POLYGRAPHE

Le Quartanier

Le Quartanier remercie de leur soutien financier
le Conseil des Arts du Canada
et la Société de développement des entreprises
culturelles du Québec (SODEC).

.Gouvernement du Québec – Programme de crédit d'impôt
pour l'édition de livres – Gestion SODEC.

Le Quartanier reconnaît l'aide financière
du gouvernement du Canada
par l'entremise du Fonds du livre du Canada
pour ses activités d'édition.

Diffusion au Canada : Dimedia
Diffusion en Europe : La librairie du Québec (DNM)

Dépôt légal, 2011
Bibliothèque et Archives nationales du Québec
Bibliothèque et Archives Canada

ISBN : 978-2-923400-83-9

À Alexie

Carcajou

P OUR MOI, ça doit passer par les mots. Quand je relis Vallières, Simard, le journal de Guevara ou encore Martin Luther King, même si je trouve qu'il lui manque du punch à son style, lui, je comprends ce qui m'attend et je me prépare. Pour l'histoire avec un grand H. Je veux dire, c'était acquis que je jouais le rôle de l'écrivain de la gang. Faut bien que je respecte notre pacte et que je fasse le récit de notre engagement. Ils m'ont même dit que j'avais le droit d'enjoliver nos moins bons coups, parce que nos affaires, ça ressemblait un peu à de l'art, dans le fond, parce que l'art, ça change les choses quand c'est réussi. Mais j'ose pas transformer la réalité, ce qu'on a fait est tellement important, pour la suite.

J'ai jeté beaucoup de variantes de notre dernière histoire. Celle-ci est la bonne. Je peux plus réécrire sans cesse, à la recherche de détails plus précis, de sens plus profond, j'ai plus le temps. Frank donne plus aucun signe de vie depuis trois ans, mais j'ai appris que Jason vient de se faire arrêter dans une affaire de fausse identité. Il a sûrement été vendu par un complice dont il avait pas vérifié l'honnêteté au préalable, bête de même. Comme je le connais, il dénoncera pas notre dernier coup, mais s'il le fait on aura au moins ma version pour nous défendre, la vraie, et la mieux tournée en plus, faut l'admettre. Je suis sûr que le bonhomme est encore couché là-bas. Sinon, on en aurait entendu parler.

Bref, jusque-là, c'était une soirée sans intérêt, Frank niaisait encore devant un téléroman, l'affaire insignifiante du barbu dans sa cuisine. Il s'esclaffait chaque trente secondes et m'appelait pour que je vienne voir ses conneries. Je restais dans ma chambre sans répondre, remplissant mon calepin. Comme d'habitude, on avait bu et rien à se dire sauf des jokes de cul. Il a cessé de gueuler à travers l'appart après un moment, mais il a continué de glousser comme un dindon. Je me levais pour la lui fermer une fois pour toutes quand Jason est rentré par-derrière, renversant des bouteilles, claquant la porte. Il s'est enligné droit sur le frigidaire, s'est débouché une bière en marmonnant, le regard flou à mi-chemin entre les objets. Je me suis dit qu'il avait fait un autre coup de cochon dont on entendrait pas parler avant quelques jours, comme la fois de la Buick ou celle du concierge Marquis. Je suis retourné à mon calepin, après m'être ramassé une bière aussi. J'avais en masse de travail devant moi, encore une bonne heure et demie avant d'avoir rempli mes vingt pages quotidiennes. J'arrivais au point tournant de mon dix-neuvième chapitre, un F-18 survolait la jungle pour bombarder la cache où les guérilleros laissaient les vivres. J'avais le flot précis comme un tir de mitraillette. J'ai réglé ma description des explosions en seulement quinze minutes, un gros morceau. Juste quand une panthère surgissait des lianes pour attaquer les éclaireurs qui pataugeaient dans la vase jusqu'aux genoux, Frank et Jason se sont mis à monter le ton, alors je les ai rejoints dans le salon pour savoir ce qui se passait.

— Je te le jure que c'est lui, je l'ai reconnu.

— Comment tu peux être sûr ? Qu'est-ce qu'il faisait là, tout seul ? Ça se promène pas de même sans leur goon pour les protéger, ce monde-là.

— Non, c'est un ancien. Ça fait longtemps qu'il a arrêté. Mais je vous le dis que c'est lui, c'est toute. Frank, tu viens avec moi. Toi itou, le poète, tant qu'à faire.

Jason se virait vers nous dans l'escalier en colimaçon pour nous gesticuler d'être silencieux en nous pointant, sur la banquette arrière de la bagnole, le bonhomme inconscient qui avait les mains attachées dans le dos avec du gros tape gris. Comme on entendait rien qu'un peu de circulation entre les bâtiments, on s'est assis dans le char pour pas ameuter la ruelle. Personne semblait avoir remarqué Jason et le vieux qu'il avait traîné par les aisselles sur une cinquantaine de mètres après l'avoir assommé d'un coup de poing derrière la taverne.

Frank s'est mis au volant, Jason côté passager, et moi j'ai dû remonter les genoux du bonhomme pour m'installer en arrière, parmi les gobelets de café, les souliers, les sacs de plastique et les autres cochonneries qui donnaient effectivement à la poubelle de Frank une odeur de poubelle.

— Qu'est-ce qu'on fait s'il se réveille?

— Il est tellement saoul, pas de danger. J'ai juste devancé son petit dodo.

Jason nous fixait tour à tour avec ses yeux de rapace nocturne, en rebondissant sur ses fesses et en se frottant le menton avec les doigts. Il nous a conté qu'en allant aux toilettes, il avait remarqué l'homme qui se commandait un verre au bar. Comme il croyait le reconnaître, il s'était approché pour discuter un peu. Jason l'avait laissé balbutier une demi-heure en nous imaginant une mission, puis ils étaient sortis dans la ruelle pour fumer.

— OK, c'est quoi?

— C'est quoi quoi?

— Ben, la mission.

— On monte à Morin-Heights.

J'ai vu toutes sortes d'images, claires comme dans un roman. On roulerait entre les hauts murs d'épinettes et après on s'enfoncerait dans une percée étroite qui se refermerait derrière nous. On serait des figurines d'ombre guidées par les odeurs de la nature. Personne pourrait nous suivre sans se faire repérer. J'ai changé de place avec Frank pour prendre le volant, impossible de le laisser conduire, c'était le plus paqueté d'entre nous. Fallait pas pogner le clos avec un ancien ministre en sang menotté sur la banquette. On aurait sûrement pu inventer un beau mensonge à raconter, un mensonge de défi perdu ou de répétition pour une reconstitution historique, quelque chose de crédible. Mais avec les policiers, on sait jamais, c'était quand même trop risqué.

J'ai profité de la balade nocturne pour résumer à mes chums l'histoire que j'écrivais dans mon calepin, une histoire d'amour où un couple de révolutionnaires dépressifs continuellement gelés à la coca prenaient le contrôle d'une plantation de café épargnée par les incendies et les coupes à blanc. Frank et Jason m'ont trouvé assez original. Je leur ai répondu que mon roman s'améliorerait s'ils cessaient de gueuler sans arrêt dans l'appart. On a bien ri, ils m'ont dit que j'étais tout un poète, ça coulait, tous les feux sur Papineau se synchronisaient à notre passage, si bien qu'on a traversé Montréal sans arrêter et en dix minutes on montait sur la 15 vers les hauteurs, la réparation, la liberté. Une belle mission. Toujours inconscient, le vieux avait le visage étampé dans la vitre comme un enfant épuisé par sa journée au Parc Safari où il aurait dû écouter son papa.

— T'es sûr, Jay ? Moi, ça me dit rien, cette face-là.

— Oui, je te jure. Attends.

Il l'a tâté, a sorti son portefeuille.

— Jean-Paul Turbide. Oui, je suis sûr. Ça sonne bien en crisse, pour un ministre libéral, tu trouves pas ?

Frank riait. Turbide. J'ai ri moi aussi. On s'est mis à répéter son nom de plus en plus en plus vite jusqu'à ce qu'il se transforme en Durbite. Frank a dit :

— C'est plate pareil pour un gars aussi important de finir saoul mort de même dans Centre-Sud.

— Pantoute. C'est mérité. Les câlisses.

J'ai poussé la cassette de GrimSkunk dans le lecteur. Turbide a pas bronché, même mitraillé par la batterie. On avait pas si long à faire avant la Porte-du-Nord. Mais il fallait qu'on entretienne notre bonne humeur, alors on s'est allumé des cigarettes et on s'est encore raconté nos vieilles anecdotes, en hurlant de rire aux mêmes places que d'habitude. Frank arrêtait pas de sacrer en nous resservant son expédition à Sainte-Béatrix, où il était allé subtiliser trois plants de pot au milieu d'un champ de blé d'Inde, pas loin du shack de son oncle. Avec un autre gars, il avait quitté en pleine nuit notre party un peu plate de fin de secondaire trois. C'était le seul qui conduisait dans la gang. Ils étaient rentrés quelques heures plus tard, blancs comme des cadavres, les jambes qui marchaient toutes seules en tremblant, avec des sacs de poubelle remplis de stock. Frank était devenu un héros parmi nos chums, mais lui et le gars ont pas été capables de dormir pendant des semaines. Il nous a jamais tout dit à propos de cette aventure au dénouement parfait. Depuis cette époque-là, ça fait dix ans, Frank prend plus vraiment d'initiatives pour les coups.

On avait rencontré Jason au cégep, dans nos cours de sciences politiques. Enfin quelqu'un d'intéressant avec qui fumer des bats. On en a débouché une autre en l'honneur de nos beuveries de collégiens et surtout du cul des collégiennes. Jason est revenu sur les pissous qui nous avaient mis dehors de Jeune-Québec. À notre arrivée au cégep, on tenait à s'impliquer, à se lancer dans l'action directe. Les assemblées générales de hippies donnaient jamais rien d'autre que des manifs de deux heures et quart. On voulait faire plus, faire peur, faire mal. Après cinq rencontres, ils finiraient par nous expulser. Je m'occupais des communiqués avec un vieux de la vieille qui m'a jamais dit son nom, Frank faisait acte de présence en fumant des topes dans un coin, Jason prenait de plus en plus de place dans les brainstorms, qui viraient toujours en brosses. Leur petit dictateur élu par acclamation devait sentir qu'il allait se faire tasser de là bien assez vite. Ils auraient pas eu les couilles de nous suivre, de toute façon. On avait trouvé bien mieux à faire que de gribouiller des graffitis FLQ qui effraient plus personne depuis vingt-cinq ans, bien mieux que de pirater les bases de données fédéralistes ou de poser des colis suspects vides, qui causaient seulement des bouchons de circulation. Bloquer les rues, les hippies s'en chargeaient. J'aurai quand même eu le temps d'écrire quelques tracts pas pires.

On a passé le robinet volant des glissades d'eau de Piedmont, illuminé pour la nuit. Il avait l'air encore moins réel que d'habitude, une menace ou une blague de géant, je sais pas. On arrivait. Turbide stagnait dans sa turpitude, Jay l'avait tapoché dur. La cassette de GrimSkunk a fini son côté B en faisant clac. On avait plus grand-chose à écouter depuis que le lecteur avait mangé Voivod pis Groovy. Jason a fouillé dans les vidanges à ses pieds, a sorti un boîtier. Il a dit :

— Heille, Frank, qu'est-ce tu fais avec Poche Pilée ?

— Ah, ça c'est à Martine, tu sais ben. «Faut pas renier ses classiques», han?

— Ouin, j'ai répondu. OK, mets-la. On va y chauffer la couenne, à Turbide.

À Saint-Sauveur, quand on tourne à gauche sur la rue de l'église, on s'engage sur une route qui monte vers Morin-Heights, croisée par mille petits chemins, la plupart menant à des grosses baraques secondaires de riches qui sont pas là la semaine. On était souvent venus s'occuper de ces châteaux-là pendant leur absence. Lors d'une de ces expéditions, on avait déniché des sentiers plus étroits encore, parfois réduits à deux ornières dans l'herbe haute séparées par une largeur d'essieu. Ces chemins s'enfoncent dans les zones déboisées sous les pylônes ou sur des terres protégées jamais gardées. Du moins, personne nous avait jamais surpris.

On a emprunté une allée qui débouche sur deux millions de dollars en pignons, corniches, balcons, garages doubles et piscines creusées. Mais cette nuit-là, squatter nous importait moins que de faire découvrir le bois à notre invité d'honneur, alors on a bifurqué sur un remblai qui enjambe le fossé pour rejoindre notre traque parmi les fougères, notre traque préférée qui aboutit, après vingt minutes dans les pentes, les roches et les racines, à une clairière où on est assez loin pour que le cirque de Saint-Sauveur efface plus toutes les étoiles du ciel, où poussent quelques pins immenses, une clairière un peu ensorcelée à la brunante, orange comme un renard, sucrée par les cocottes, le sanctuaire où on comptait fuir le jour du grand chaos, notre éclaircie, notre Laurentie.

On s'est arrêtés face à un arbre au milieu de la trouée, puis on est sortis s'étirer les extrémités et sautiller sur place pour chasser les fourmis de nos fesses. Il nous restait assez de bière pour finir la soirée en grand. On les a mises sur le capot et Frank a fait circuler le pétard qu'il venait d'allumer. Il faisait un peu plus frais ici, mais on pouvait abattre notre besogne à l'aise en t-shirt, dans les vapeurs de skunk du pot qui rehaussaient celles de la gomme de pin et de la terre un peu humide. La lune coulait doucement dans la clairière, on voyait les alentours sans problème. Mais on a laissé les phares braqués sur le tronc. On s'est amusés à créer des ombres sur les arbres plus éloignés, en obstruant les rayons lumineux avec nos corps. Des farfadets, des zombies, des coureurs des bois, des sauvages. Ç'aurait pu être solennel mais en fait c'était très drôle, parce que par les portières qu'on avait laissées ouvertes nous parvenait un climax de Paul Piché, un joyau d'entre les joyaux avec un solo de sax dégoulinant. Mais tout de suite après, c'était une maudite chanson à répondre féministe que même Frank est pas capable d'entendre, ça fait que Jay est allé éteindre le lecteur.

À peu près réveillé, Turbide prenait enfin conscience de son mal de bloc. Ses râlements gâchaient le silence qu'on s'attendait à trouver après la musique. C'était le signal. Je suis allé ouvrir la quatrième portière, contre laquelle il était accoté. Il s'est déversé dans les aiguilles de pin en lâchant un houmpf un peu comique. Je l'ai saisi aux dessous de bras, Frank aux chevilles, et on l'a adossé au tronc tant bien que mal pendant que Jason fouillait dans le coffre parmi les outils. Il est revenu avec une rallonge électrique. On a attaché le bonhomme. Toute molle, sa tête retombait en avant et sa chemise bleue avait désormais un décolleté de sang plongeant jusqu'au nombril. Frank s'est permis de faire rouler sa tête pendant quelques instants, poussant sur sa joue comme pour faire tourner un globe terrestre. Moi, je bottais ses semelles de la pointe de mon running, sans trop de conviction. Je savais pas ce que Jason attendait de nous. Le vieux râlait de plus en plus et commençait à bouger les jambes. J'aurais pas voulu être dans son crâne.

On s'est reculés pour laisser la place à Jason, Frank par déférence, moi pour observer à mon aise et relever le plus de détails possible de la scène dont j'avais à me souvenir, en tant que secrétaire, pour la postérité. Jason a pris une grande respiration, s'est approché de Turbide et s'est mis à le frapper dans le visage. Il accompagnait chacun de ses coups d'un grognement viril, tout en nous servant une leçon un peu confuse sur deux cent quarante ans d'humiliation : la déportation, la Conquête, les subsides, les masques de démocratie, tout y est passé, avec une insistance à la fin sur les saloperies plus récentes. Jason s'est défoulé sur les mesures de guerre, sur le maudit Trudeau du crisse, puis sur Mirabel, parce que Turbide avait pas vu les champs expropriés durant son somme et qu'il fallait bien lui rappeler cette grande œuvre des siens, toute cette belle gang de crosseurs qui se votent des lois à leur goût sur le dos des pauvres petits dupes du Québec dont on rogne le territoire traité après traité depuis Mathusalem, et si aujourd'hui c'est plus le territoire c'est les compétences provinciales qu'on envahit puis l'esprit des enfants avec des drapeaux mur à mur payés sur notre bras des torchons dont l'emblème lui-même a été volé à la société Saint-Jean-Baptiste et l'hymne national c'est pareil pauvre Calixa pauvre Basile s'ils avaient su je vous jure les tripes du pays en sont témoins depuis que la guenille est hissée à Ottawa c'est plus de l'eau c'est du sang qui coule de tous les érables qu'on entaille chaque année c'est pour ça la couleur qu'ils ont choisie les tabarnacs c'est quoi ta couleur préférée toé je m'en vas t'en faire moé des concessions en veux-tu des compromis dans l'honneur et l'enthousiasme mon câlisse?

Jason s'est arrêté, essoufflé, les mains en sang, dominant la masse de gras retenue dans un angle incongru par la rallonge électrique. Les criquets se sont peu à peu remis à criquer. J'ai pensé qu'on avait réglé suffisamment de comptes pour la journée, mais Jason s'est soudain précipité pour aller chercher une pinte d'huile à moteur dans le coffre et est revenu détacher ce qui restait de Turbide, qui s'est écrasé au sol, des aiguilles de pin collées dans sa face tuméfiée. Jason a arraché les pantalons à plis beiges du vieux et lui a abondamment aspergé le derrière avec l'huile. J'ai cru qu'il voulait l'immoler. J'allais lui dire d'au moins l'éloigner de l'arbre, mais Jason bougeait plus, les shorts baissés à mi-cuisse, bandé comme un démon.

On est restés en retrait. Dans la lumière éblouissante des phares, c'était comme un carcajou sur une carcasse.

On était sonnés, les trois assis dans le char à regarder le corps illuminé à dix pieds du bumper. Les bruits tranquilles de la forêt arrivaient pas à percer notre silence. Jason, après un long moment, a mis le contact. On a contourné le pin et on est repartis par où on était venus, jusqu'à la route de Morin-Heights qu'on a reprise vers le nord, pour continuer. Il restait trois quarts de réservoir, encore pas mal d'espace devant nous. Alors qu'on passait sur un pont, Jason a lancé le portefeuille du vieux dans l'eau. On s'est enfoncés sur les voies secondaires durant deux, trois, quatre heures, sans dire un mot, jusqu'à ce qu'on ait plus d'essence. On est sortis de l'auto. Les portières ont claqué comme trois détonations. L'aube pâlissait le ciel, la route noire était bordée de deux murs épais. Ça sentait l'huile à moteur et la forêt millénaire.

L'autre monde

J'AVAIS BIEN AVERTI Gagnon et les autres des dangers de faire un feu. Cela a-t-il encore une importance? Ce qui compte maintenant, c'est de devenir un rocher. Au-dessus de moi, entre les arbres et leurs branches nues, la lumière descend en faisceaux droits comme des flèches. Plus loin au sud, des rayons similaires filtrent entre les planches des toitures du fort Frontenac, comme il en entrait dans la petite église qu'on avait construite avec le père Dupas chez les Hurons, avant les attaques systématiques, les épidémies. Des rayons aussi clairement découpés dans la pénombre, certains appellent ça des doigts de Dieu. Caché dans mon bosquet, sur la terre froide, parmi les pousses de sapins que la bagarre a brisées, je ne sais trop si c'est une bonne chose que les doigts de Dieu me touchent, c'est peut-être une grâce, peut-être une condamnation.

Quand les cris cesseront, quand les Iroquois seront ~~partis avec quelques prisonniers~~, ou quand tout le monde sera mort, si je ne suis pas moi-même achevé par un de ces Tsonnontouans ou dévoré par un loup, ce qui est la même chose à bien y penser, je me lèverai, je marcherai, je n'ai pas besoin de mon bras cassé pour avancer. Si j'ai de la chance, je rejoindrai en quelques jours le fort Frontenac, qui se dressera encore, ils ne l'auront pas brûlé, la garnison m'accueillera avec du sel, du lard et assez d'eau-de-vie pour remplacer le sang dans mon bras.

~~Depuis que les Hurons ont tous été tués ou adoptés, on ne peut plus se fier aux nations amies, tout l'arrière-pays est paralysé et il faut se rendre aux peaux nous-mêmes.~~ Gagnon et moi avons tellement de poussière derrière nous et ~~de rapides et de portages~~... Ce n'est pas ~~une petite embuscade de fin d'automne~~ qui m'empêchera de revenir au fort. Gagnon, par contre, a terminé sa carrière, un esprit noir à chape de loutre a fondu sur lui avec un casse-tête gros comme un boulet de canon. Depuis que ~~les Hollandais et les Anglais les fournissent en armes,~~ les Iroquois ne mettent plus sur leurs massues de simples pointes d'andouiller ou de pierre qui peuvent se briser si le coup est adéquatement paré avec la crosse d'un mousquet. Ils les ont remplacées par des piquets de métal, forgés à fort Albany avec toutes ces lames qui nous scalpent et ces balles qui arrachent l'écorce et défoncent les torses.

Ma pelisse me camoufle bien derrière mon buisson, j'en suis bien content, je ne sais comment j'ai réussi à

m'y faufiler après qu'un énorme guerrier m'eut pulvé-
risé le bras avec sa massue en criant à la lune qui pourtant n'était plus là. C'est une chance qu'on m'ait oublié
dans la cohue. Dix Outaouais nous accompagnaient,
Gagnon et moi, pour aller chercher nos prises en suivant la rivière, une affaire de deux semaines seulement,
une dernière balade de plaisance avant que l'hiver n'arrive pour vrai. Des Outaouais qui maintenant ne se
soucient plus de grand-chose au royaume des esprits,
qui ont accompli leur voyage de retour vers l'origine de
l'univers sous forme de castor pour les plus vaillants,
d'aigle pour les plus sournois, d'ours pour les plus forts,
qui maintenant discutent de lumière fusant entre les
branches, assis sur le dos de la grande tortue. S'ils n'ont
pas été tués sur-le-champ, ils seront faits prisonniers par
les Iroquois, qui leur mangeront le cœur ou les transfor-
meront en leurs petits frères pour compenser la mort
d'un cousin, et alors les Outaouais changeront de nom,
de passé et d'âme tout simplement, armés désormais par
les Hollandais ou les Anglais, et ils reviendront nous
tirer dessus comme si nous avions toujours été adver-
saires. Je vois des corps enchevêtrés, des combattants
blessés et d'autres penchés sur eux, ma livrée couleur
de feuilles et d'humus me protège encore, je ne par-
viens pas à compter les morts, je ne vois que des ogres
aux poitrines larges comme des troncs de chênes, aux
cris clairs comme le ciel.

Gagnon doit être satisfait, lui qui détestait la vermine,
il ne sent plus aucun de ces infâmes poux lui creuser le
cuir chevelu, car son crâne est à découvert pour ce qu'il

en reste, je peux lire dans ses pensées puisque je vois ce qui en sort, de son crâne, et il ne regrette rien. Qu'est-ce qu'on pouvait faire d'autre que suivre le père Dupas jusqu'en Huronie? On parlait les dialectes comme peu de fils du pays et la compagnie n'avait guère le choix d'épauler les missionnaires qu'elle plaçait partout, pour diriger les âmes et surtout les routes de commerce. Les années ont passé, les forts ont poussé et, quand le père Dupas s'est finalement fait trancher la jugulaire par un Neutre qui voulait venger son fils mort dans sa morve deux heures après son baptême, on était déjà loin dans la forêt infinie, coureurs des bois depuis des lustres, pour toujours qu'on s'était dit.

Je ne sais combien de fois on a traversé les Pays-d'en-Haut pour ramener nos cargaisons de pelleteries aux intermédiaires. On se rendait parfois jusqu'au fleuve pour participer à la foire des fourrures et se faire chauffer le cœur et le corps par quelque fille à louer. On ne manquait pourtant pas de chaleur chez les Indiens, et le père Dupas souffrait de ses vœux de pureté tellement les sauvagesses sont généreuses. Ah, les Blancs sont si doux comparés aux locaux, les squaws l'apprécient; tout comme ces dames de la colonie qui, à l'inverse, redoutent plus que tout les incursions iroquoises, bien que certaines d'entre elles ne détestent pas un peu de vigueur. Ce dont on s'applique à leur faire profiter lors de nos passages, précédés qu'on est de notre aura d'hommes des bois. Il faut dire qu'on nous fait mauvaise presse dans la colonie. Ça en effraie peut-être quelques-unes, mais ça en intrigue bien d'autres.

Non, Gagnon ne regrette rien. Ce n'est pas notre premier raid, nous en avons vécu ô combien, tant du côté
des assiégeants que des assiégés. Pour se faire accepter
de ses alliés, il faut se plier à leurs coutumes, comme
des fils adoptifs. Le choix s'est imposé il y a longtemps
pour nous, et ce ne sont pas les jupes de quelques filles
du roi qui nous auraient convaincus de revenir nous
enjuguer dans un enclos où il pousse plus de roches
que de patates. Et moi je ne regrette certainement pas
ma petite cache dans les fourrés même si le bras commence à me donner envie de crier et que mon outre de
tord-boyaux est vide. La nuit dernière, on ne s'est pas
privés de finir tout l'alcool pour fêter notre belle chasse
avant de rentrer à Frontenac avec nos canots remplis.
Depuis quelques jours, on se savait suivis par des ombres
et Kalionak a même eu en rêve une discussion avec une
nyctale à corps de femme, qui lui a conseillé de quitter
le secteur au plus vite, mais le rhum, ce rhum sucré,
il descend tout seul. Ce n'est pas uniquement pour le
mieux que la compagnie commerce jusqu'aux Antilles,
qu'on se disait parfois avec Kalionak, mais ce matin il
doit se sentir léger sur son tapis de mousse gelée sous
le sapin, là-bas, et de toute manière il ne peut plus rien
en dire parce qu'ils lui ont tranché la langue.

Je l'avais bien averti, Gagnon, qu'on avait avantage
à se réchauffer seulement avec la guildive et les peaux
pour la nuit, mais il tenait, appuyé par les Outaouais,
à se griller la face et quelques perdrix pour célébrer la
fin de l'automne. C'était un très beau feu. Aucun doute
que les Tsonnontouans nous ont enfin trouvés grâce à

nos remerciements à Aataentsic et qu'ils ont attendu l'aurore pour frapper, quand nous serions alourdis par le sommeil et l'alcool. Ils vont s'en faire à leur tour, une belle fête, une fois rentrés à fort Albany avec le fruit de notre travail, qu'ils vendront pour quelques arquebuses, une poignée de balles et une autre de pointes de métal pour leurs casse-têtes, et peut-être aussi pour une cassette de breloques destinées aux vieilles qui dirigent la traite des esclaves à Onontagué. Ce ne sont pas les Anglais qui se priveront de les équiper et puis ça ne changerait rien, il n'y a pas assez d'armes dans toute la Nouvelle-France pour compenser.

Un mousquet est assez impressionnant, et les Iroquois y ont goûté à une autre époque, surtout à cause de ce bon vieux Champlain, qui devait savoir tirer pour protéger ses privilèges de commerçant, mais maintenant c'est à leur tour de se pavaner armés jusqu'aux crocs. Ici, il faut faire peur d'abord et foncer ensuite, avec le plus de puissance possible en un unique assaut. On ne dispose pas du temps de recharger les mousquets. On doit se ruer tout de suite sur les cibles subjuguées, avec en main un casse-tête ou un arc et des flèches, qui elles mettent le plus courageux guerrier hors de combat en un instant. Une seule, si elle est bien décochée, peut arracher la gorge d'un homme, faire saillir son gosier d'un côté et pendre sa tête de l'autre, comme à une outarde frappée en plein vol. L'arme à feu est un luxe dont les bons chasseurs savent se passer.

N'empêche qu'avec leurs fusils qui reluisent dans les bois et leur attitude arrogante qu'ils se permettent d'avoir grâce à eux, les Iroquois ont presque l'air aussi con que les soldats du Carignan, mais au moins ils peuvent se transformer en arbre quand vient le moment de disparaître. Les pauvres soldats ne savent qu'obéir aux lois d'obèses à perruques en souliers vernis et ne comprennent rien à celles de la nature. Lorsqu'une buse vous parle, il faut écouter. Gagnon et moi, on a tellement ri, il y a quelques années – et je pense qu'il en rit encore, avec sa grande bouche fendue jusqu'aux clavicules –, des militaires envoyés ici par ce roi qui ne connaît rien ni aux rivières ni aux hivers. Il a sommé cinq cents fantassins, entraînés pour le tir en rangée et le bivouac sous les étoiles des tropiques, de se faire congeler dans la forêt en plein janvier, nourris aux biscuits, avec des cartes gribouillées à peu près, à la recherche de croquemitaines inventés pour effrayer les couventines, sans guide, sans truchement, sans bottes ni fourrures. Oui, nous avons tellement ri quand un Algonquin nous a raconté que le contingent était rentré à Ville-Marie par chance, décimé, malade, affamé et maudissant le pays. Mais on avait promis aux officiers une femme et une terre sur la rive sud, si bien qu'ils ont renvoyé les soldats faire leur parade dès l'automne suivant, pour frapper l'imaginaire des Cinq-Nations. Ils voulaient tuer quelques Agniers, ils n'ont trouvé que des villages désertés. Dans les bois, une caravane de fanions chatoyants qui s'avance avec fifre et tambour, clinquant des hallebardes et hurlant des chansons grivoises, ça nuit un peu à l'effet de surprise. Ils se sont bien défoulés sur les maisons longues, il paraît que tout a brûlé en une heure à peine. S'ils avaient su chasser, ils auraient pu se préparer un excellent pique-nique.

Gagnon ne regrette pas de les avoir détestés jusqu'à la moelle, ces militaires de passage, qui n'attendent que l'expiration de leur contrat pour retourner au soleil, et qui pour se distraire se tapent des sauvagesses afin de s'assurer que la petite vérole remonte toutes les rivières jusqu'aux confins du Nouveau Monde. Tant qu'à vivre en permanence à un cheveu de la mort, tant qu'à être payés avec des gages de crève-la-faim, mieux vaut pour eux assiéger un Turc ou un quelconque négro que de mourir de froid. Ils n'ont que ça à faire, compter les jours qui restent à leur enrôlement et haïr notre pays, alors que ce pays c'est tout ce dont un homme peut rêver.

Ils ont beau honnir ces soldats, Gagnon et tous ces Outaouais qui dansent avec les esprits même si leurs restes charcutés gisent à quelques mètres de moi, je ne serais pas déçu qu'une colonne de trente de ces fantassins passe dans le secteur pour disperser un peu mes Tsonnontouans. Nous avons construit un feu de joie et, alors que nous cuvions notre alcool ce matin, ils ont coulé sur nous comme une horde de loups, comme si tous les arbres de la forêt s'abattaient en même temps sur nos corps ramollis. Nous avions pris soin de charger nos armes avant de nous coucher, mais l'embuscade nous a laissé si peu de chances qu'un seul des nôtres a pu tirer avant que les gourdins ne se mettent à pleuvoir sur les os. Deux Outaouais complètement saouls n'ont pas bougé après la salve, ils ont été abattus par les tireurs. Pourquoi eux et pas Gagnon ou moi, nous les Visages pâles, les sous-hommes barbus responsables de leurs dépendances et de leurs maladies, allez donc savoir. C'est sûrement le même hasard qui m'a permis de ramper jusqu'ici après qu'une furie à tête de renard m'eut créé une nouvelle articulation, juste quand je parvenais à me lever après les premiers coups de feu. Chaque prédateur a trouvé sa proie, sauf pour moi, qui me suis faufilé entre les rafales, les lames, les flèches. Dans le combat, il faut savoir forcer sa chance. La fuite est préférable à la résistance quand la première seconde est disparue à l'avantage de l'ennemi.

Je n'étais pas encore tout à fait calé dans mon bosquet que la loutre géante se vautrait sur Gagnon en grondant comme un ours. Maintenant, des chouettes hululent malgré le matin, des dindes sauvages gloussent à plein goitre en écorchant les peaux pour le suif, un sorcier au visage bariolé, au poitrail peint de suie et fumant dans la froideur, pourchasse un des nôtres qui se traîne dans les racines en tirant sur sa jambe à moitié arrachée. Il geint aigu comme un tamia affolé en reculant dans les roches. Je crois que le sorcier lui laissera son cœur de froussard pour l'autre monde, il n'a rien à y puiser. Il ne faut pas perdre trop de temps avec les victimes qui n'en valent pas la peine. Les robes noires sacrifiées en Huronie n'ont pas été bidouillées très longtemps. Tout le monde sait qu'aucun missionnaire n'a été assez brave sous la torture pour qu'un Indien daigne en prendre une bouchée...

Le sorcier finit sa besogne en deux coups de casse-tête péremptoires, par-dessus les cris j'entends le crâne craquer comme une branche sèche, mais les côtes s'enfoncent plutôt sourdement quant à elles, comme une courge qu'on écrase avant de la jeter dans la marmite de sagamité. Les Tsonnontouans nous font la peau et les poches, nos parures sont plus riches que les leurs puisque nous sommes au nord de la confédération et que les bêtes ont des fourrures aussi belles que l'exige l'hiver, ça leur fait de superbes souvenirs. J'en vois un qui arrache à Kalionak sa coiffe de raton, puis l'allège de son scalp. Un guerrier rôde d'un corps à l'autre pour vérifier ce que les besaces contiennent. L'un des assaillants est étonnamment vêtu, sous une cape de porc-épic il porte un justaucorps bleu et un jabot de dentelle. Comment a-t-il pu se les approprier ? Beaucoup de choses insoupçonnées circulent dans le pays, même qu'un Pétun m'a déjà dit qu'il y a longtemps on a trouvé un tonneau de poivre des Indes dans la baie des Puants et que tous les clans des alentours se sont réunis pour conjurer le sort. L'accoutrement de cet Iroquois, il faut présumer qu'il l'a obtenu lors d'un raid à Québec ou à Trois-Rivières, parce qu'en plus de son justaucorps, il est coiffé non pas d'une hure de glouton, mais d'un feutre de castor avec une plume d'oiseau du paradis fatiguée, qui lui pend sur la nuque. Le chapeau d'un aristocrate qui faisait la courbette devant Talon ou dansait le menuet dans le salon d'un seigneur juste avant de se faire égorger en plein midi par une poignée d'Iroquois venus réparer une injustice dans la colonie. Le Tsonnontouan distingué est particulièrement appliqué à ciseler son Outaouais. Qui sait si ce n'est pas sa victime qui a elle-même capturé le castor qu'il porte aujourd'hui sur la tête, ce castor revenu de chez un chapelier d'un autre monde?

Je ne regrette rien. Même avec un bras difforme je pourrai continuer à vider mes prises et à tanner mes peaux, si je suis chanceux je pourrai encore pagayer à l'avant. Pour l'instant, je dois rester immobile, m'intégrer au décor comme un lièvre, je dois devenir un rocher, ne pas respirer plus fort que ne le ferait le vent et souffrir en silence, comme les arbres qu'on perce de nos projectiles. Le carnage achève, ils sont contents. En plus de nos pelleteries, ça leur fait une demi-douzaine d'armes toujours chargées à ramener avec eux dans nos canots tout neufs. Courir les Pays-d'en-Haut, c'est accepter de n'avoir que peu de choses et j'accepte de n'avoir plus rien que ma belle pelisse couleur fond-des-bois. Peut-être aurai-je aussi un restant de courage quand ils auront fini leur pillage et leurs sacrifices, et je rentrerai au fort Frontenac pour m'enrouler dans une peau de bison et dormir jusqu'au printemps.

Dauphin

TU POURRAIS faire des entrechats, des roues laté-
rales, des périlleux arrières en déclamant en
ordre décroissant les nombres premiers com-
pris entre mille trois et trois mille, je pourrais enlever
ma calotte de colon irlandais, poser mon café sur une
pile de revues, t'écrire un livre et te le faire livrer, la
lumière des lampadaires peinerait quand même à traverser les masses de flocons qui descendent en diago-
nale furieuse depuis des heures et s'empilent pour tout
blanchir, tout arrondir.

Je suis revenu, nous en avons fini, l'hiver continue.

Pour me distraire, je lis un roman récent mais à la
mode de ce qui se faisait il y a dix ans. C'est l'histoire
d'un plus si jeune Montréalais en pleine rupture, un
bon jack, il fait la tournée des bars du centre-ville, et
même de la périphérie, car les belles filles essaiment
elles aussi. Il cherche, un nouvel amour, une baise gluante

qu'une douche ne pourrait nettoyer. Bougre sympathique malgré sa connerie, un peu névrosé, il a des amis fidèles comme dans les annonces, il boit trop et perd beaucoup de temps sur Internet à donner de l'importance à des pseudonymes. Une sorte de minable attendrissant. Je suis bien meilleur que lui. Au fond, c'est une excellente lecture.

Tu pourrais faire les cent pas pendant cent ans, tu ne t'emmerderais pas autant que je me suis emmerdé dans cette prairie tamisée par des océans d'un autre âge, moulue par des tonnes de glaciers battant lentement en retraite, arpentée par le désordre nomade de bons génies et de meilleurs guerriers encore, ratissée par les moissonneuses à l'allée, au retour, dans la poussière des ossements de bisons. Tu pourrais prétendre que je t'ai abandonnée par surprise en te laissant à ton voyage, que ton trajet a été agréable, ton séjour parfait. Mensonge. Nous sommes libérés, maintenant. Tu peux étudier le droit, devenir pâtissière, t'entraîner au curling, rester là d'où je suis revenu pour y perpétuer ton grand œuvre, moi je resterai ici et il continuera à neiger.

Les physiciens sont dans le champ, même au chaud dans leur labo. Ils racontent qu'on peut postuler, grâce aux mathématiques, à la conception par ordinateur et à la métaphorisation, que la matière est faite de vide. S'ils ont raison, les Prairies sont une erreur de proportion. Le vide devrait être infiniment petit.

J'avais observé la mappemonde durant les jours précédant notre voyage. Sur la carte de l'Amérique du Nord, une multitude de routes éloignent les villes les unes des autres à mesure qu'elles montent au nord. Dans de minuscules villages, des humains encore plus microscopiques ralentissent comme le mercure descend. Atomes insignifiants craqués par le gel. Pays arbitraires. Peinture à numéro. Tout était à l'endroit. J'appréciais la planète telle que je la connaissais depuis mon enfance : un grand carton bleu où sont tracées des formes, toujours les mêmes. De quelle année datait cette carte ? Il n'y avait plus d'URSS, mais le Nunavut n'avait pas trouvé sa place dans les représentations de la Terre. Comment faire d'une boule un rectangle ? Un autre tour de passe-passe de physicien, j'imagine. Il existe aussi une carte du Nord, que j'avais regardée dans un atlas. Il m'avait fallu quelques secondes pour comprendre ces formes autour d'un point, greffées à des cercles concentriques. Je pensais à la Renaissance, à une *terra incognita* inimaginable, aux contours flous, peuplée de cyclopes mangeurs d'hommes. Pourtant, cette carte montrait un monde d'invention contemporaine. Je ne reconnaissais pas le Québec, dont la péninsule d'Ungava pointait à droite vers un nord central, axe révolutionnaire tournant au milieu de la page. Mon visage était devenu une nouvelle étoile polaire. Avant ce renversement, je n'avais jamais remarqué la Nouvelle-Zemble. La Sibérie acquérait la grandeur qu'elle avait eue de tout temps dans les contes. Les îles arctiques américaines existaient enfin.

Devant cette carte insidieuse, j'avais repensé à l'hiver montréalais, à la mort de novembre, aux bourrasques de février et aux dernières bordées d'avril qui font sacrer les latins, frustrés que Jacques Cartier n'ait pas choisi la bonne baie des Chaleurs. Je m'étais dit que le Nord avait du front de descendre aussi loin. Nous en avions aussi un peu. De six degrés de latitude, nous nous approcherions du pôle.

Assise à côté de moi dans l'autocar, tu regardais par la fenêtre un point imprécis à l'horizon, parlant de proportions et de couleurs, et je m'étirais le cou pour voir quelque chose au dessus d'un adhésif PULL HANDLE IN CASE OF EMERGENCY. La plaine, superbe, lumineuse, ondoyait dans la chaleur de la fin d'août. Puis soudain j'en étais soûlé. Après trois cents kilomètres de route, je rêvais de voir apparaître dans la canicule la ligne sombre d'une forêt et le sommet râpé d'une petite montagne, de la plus minuscule Montérégienne ou d'un restant d'Appalaches, entouré de vallées, de coteaux, et surtout d'arbres, partout. La plaine défilait, assujettie, trop arable pour résister. Il a été bien plus difficile d'en écarter les Amérindiens que d'y semer des graines européennes.

Quelques bâtiments surgirent du sol, et un centre commercial modèle nord-américain, puis des rues à l'équerre où s'imitaient les cottages. Tu avais tout arrangé. Tammy nous attendait au café du terminus, Tammy qui travaillait pour la commission scolaire et nous avait trouvé un trois et demie garni dans l'unique bloc de la ville. Au-delà, un rang ne donnait sur rien, un autre sur une centrale de pylônes, et une route plus éloignée s'avançait dans la prairie pour devenir un rond-point de nouvelles constructions dont les plans provenaient visiblement d'un entrepreneur de Terrebonne.

Je déposai nos bagages sans les défaire, voulus dormir, ne me réveiller qu'en juin, à la fin des classes. Dans la chambre blanche et brune de murs et de moquette à poil long, je ne tirai même pas les rideaux avant de m'affaler tout habillé sur le matelas nu. Au bout d'une journée de transport surhumain, j'avais rejoint le point que La Vérendrye avait mis plusieurs mois à atteindre, probablement plus exténué que lui, voyant dans ma destination une fin, alors que lui poursuivait son voyage tête baissée vers un espace qui prenait vie à chaque foulée. Son esprit d'aventurier agissant au nom du roi, de cet absolu qui l'écrasait lui-même à mesure qu'il enfonçait ses bottes dans le sol, ne voyait que de la virginité partout, des vides à remplir, des fruits à cueillir, des cours d'eau à nommer. Vaguement là-bas, près d'une rivière un peu à l'ouest de l'énorme lac Winnipeg, campaient des Ojibwés. La Vérendrye avait proclamé qu'on y établirait un poste de traite nommé Dauphin, non pas en l'honneur d'un marsouin égaré dans un affluent de l'Atlantique, mais de l'enfant grêle qui allait être père de trois rois de France. Quelques secondes avant de m'endormir, je sentis que la prairie docile laissait tout advenir et que les loups riaient comme des hyènes en rêvant d'attaquer les hommes.

Je ne sais pas où tu es présentement, mais tasse tous les meubles le long des murs, mets tes souvenirs au milieu de la pièce et tourne autour. Tu peux faire une danse païenne si tu veux, ça ne changera rien à la réalité de notre absence l'un à l'autre. La sens-tu, enfin? Allez, touche l'espace. Peut-être n'as-tu plus ni pièce ni mur, seulement un grand feu et une danse païenne que je t'imagine faire avec tes tics habituels, tes mains un peu trop crispées, tes nerfs du cou saillants, et tes décalages d'un ou deux temps qui te font toujours rater la finale, même sur des valses au ternaire appuyé ou des ostinatos tribaux. Non, ton incantation à la pluie, ou au soleil, qu'importe, n'influence en rien la neige qui «s'abat» sur ma ville. C'est une expression insensée. Les journalistes l'affectionnent beaucoup. Même que, selon eux, ce n'est pas la neige elle-même qui s'abat, ce sont des centimètres de neige qui s'abattent, comme on s'abat en duel, simultanément, ou à la guerre. Des kilomètres de soldats se sont abattus dans le désert.

En tirant sur la chaîne, j'ouvris les mâchoires de la fournaise et lançai dans sa gorge des boîtes de carton et des enveloppes de plastique tordues qui dansèrent dans le tourbillon. Il ne servait à rien de recycler. Le transport en camion des matières vers Winnipeg pollue plus que leur crémation. Aucun danger, le ciel est là-bas plus haut et large que partout ailleurs. Il peut aspirer tous les signaux de fumée.

Que faire d'autre qu'une énième escale à l'entrepôt du supermarché ? Il fallait que je m'éclaire les idées, et accessoirement je jetais dans le feu les boîtes que j'avais vidées de leurs produits sur les étagères, en prenant soin d'orienter les étiquettes côté anglais, tel qu'exigé par le patron.

— What does your wife do ? m'avait-il demandé le premier jour.

Tu enseignais le français à ses enfants et je ne pris pas la peine de le corriger à propos de notre état civil. Le feu faisait son œuvre, qui n'en était pas une de purification : un alliage de plastique rigide et de je ne sais quel enduit suintait en sifflant des bulles noirâtres, ça puait, mais je restais pour observer le déhanchement des flammes.

Mes mille dollars avaient vite fondu. Dès notre arrivée, j'avais déposé un CV à chaque enseigne, m'étais acheté un vélo d'occasion pour courir la ville. Le soleil chauffait toujours à midi, mais septembre commençait à rafraîchir la nuit. Rien ne m'était arrivé qu'une réponse du supermarché après un mois, durant lequel tu avais beaucoup aimé la rentrée, tes petits mousses, tes collègues et ton horaire.

Je vais faire comme toi, ou presque, tu sais que je ne danse pas. Tout mon passé est étalé au milieu du salon, comme un corps, une étoile crochue à cinq branches, flocon unique entre tous. Je le dissèque. Évidemment, je devrais «penser à moi», comme le veut cette autre expression délicieuse, mais le cadavre tiédit encore, alors oui, c'est le moment. J'ai fini le roman du plus si jeune Montréalais, j'en lis un nouveau, l'histoire d'un adolescent qui découvre les femmes, une en particulier qui cache beaucoup de secrets sous ses jupes de grosse laine, mais jamais très longtemps, car elle les dévoile volontiers. Quand j'avais son âge, je me masturbais trois ou quatre fois par jour en rêvant de seins et de vulves, d'attributs génériques qui s'enchevêtraient follement sur ma queue parmi d'autres attributs génériques comme des cheveux longs détachés et des bouches humides, des voix aiguës qui m'encourageaient, des peaux douces comme j'imaginais qu'elles devraient être, tout cela prenant vaguement la forme des films pornos que j'avais vus. Je croisais des filles à l'école, des dames dans la rue, et tout ce que je pouvais sentir d'elles était leur nudité en puissance, dont leurs vêtements me privaient. À la piscine, c'était insupportable. Mon sexe, mon maillot, un peu d'eau, leur maillot, leur sexe. Je ne suis pas un séducteur. Au mieux, un bon jack. Que croyais-tu gagner en t'accouplant avec moi?

— Est-ce que tu es OK?

Je brûlais mes cartons pour fuir les allées blafardes. J'avais droit à un répit : je m'étais entaillé un doigt avec mon couteau en ouvrant un paquet de patates en poudre.

— Oui, c'est beau.

La chaleur, les flammes, le refuge où je ne percevais plus rien que les criquets et le vent dont j'avais volé le souvenir dans le champ derrière mon immeuble. J'avais répondu à cette question posée en français sans m'en rendre compte, les deux langues se bousculant dans mon esprit depuis que je pensais et rêvais en anglais. C'était une des caissières, que je voyais rarement mais que j'avais remarquée, discrète, quelconque. Elle entendait mon accent quand je parlais au patron et aux autres commis, un accent où parfois ratait un *th*, où un emprunt à ma langue me faisait dire un adjectif trop littéraire, pourtant bien banal quant à moi. Elle tenait à venir me faire entendre son propre accent dans la poussière, parmi les caisses et les paquets empilés, entre l'armoire du concierge et la fournaise.

— Je voulais te parler, c'est rare.

Nous finissions notre quart à une heure d'intervalle. Je l'attendis au parc en face. Heather parle le français de là-bas, celui des femmes, que sa mère a sauvé de sa grand-mère, cassé, cru, un peu gêné et pour cela très charmant.

— Je ne sais plus quelle culture je suis, j'ai pas la chance trop trop.

Ses gènes forment un alliage étrange, venu de loin, de partout. Ses grands-parents étaient irlandaise et ojibwé, ukrainien et canadienne-française. Je ne cherche pas à comprendre ce que brasse en elle un tel héritage. Je sédimente depuis des centaines d'années dans le limon de la vallée du Saint-Laurent. Plus grand-chose ne remue. Nous nous énervons pour notre identité non pas en raison de ressacs, mais d'une lente habitude. Peut-être avons-nous saisi, malgré quelques sursauts d'honneur obligatoire, que l'eau se retire doucement. J'étais heureux. Il y avait de nouveaux mystères sous les vêtements.

Danse autour de ton feu, ne crois pas au destin. Ne te laisse pas aller à la superstition. Non qu'il faille manquer de confiance, seulement, on doit être prêt, à tout moment, à émettre un doute. Tu le sais, je pense qu'on est responsable des grandes étapes de notre vie. Je suis une sorte d'antidéterministe apathique. Ou d'existentialiste passif ? Enfin, ce que je veux dire c'est qu'il arrive qu'on ait le choix. Dans ces moments-là, on a la possibilité d'influencer ce qui nous attend. On rencontre quelqu'un, on hésite un peu, mais on s'engage sur la foi d'une simple émotion, ou pire, d'un orgasme, au point de changer de maison, de famille. On se fait labourer l'esprit toute notre enfance, et un jour, après un cours d'orientation, on s'enlise volontiers dans une carrière.

Les lieux communs ne signifient plus rien, mais ils tirent tous leur origine d'une vérité éprouvée. En voici une : un choix est un embarras. Ce n'est pas un état perpétuel. On n'y survivrait pas. Ça peut arriver, disons, une fois tous les cinq ans. Oui, comme aux élections : un grand événement survient toutes voiles dehors, on sort les trompettes, fier de participer à quelque chose d'important, on se commet. Puis un nouvel engrenage s'enclenche qu'on ne contrôlera pas. Figurant dans sa propre histoire. Peu importe qu'on se demande chaque matin si on va manger des œufs ou des céréales, il est trop tard. Je t'ai suivie là-bas. Un élan d'humanisme, aurait peut-être analysé Sartre. Sincèrement, que cherchais-tu en moi? Des idées? Des gestes? Ce que tu ne pourrais devenir, ce que tu préférais en toi-même? J'ai fini le roman du jeune découvreur de femmes. Il n'a rien appris qui vaille un toast. Je ne bois pas en son honneur de toute façon.

J'aimais marcher l'après-midi dans les rangs où j'étais totalement seul. J'ai même osé y faire du jogging un jour, quinze minutes droit devant, vingt-cinq pour revenir. La plaine est un désert en devenir. J'ai eu trop soif et n'ai pas réessayé.

Un endroit me plaisait plus que les autres : une maison de ferme, dont l'entrée était camouflée par des arbres qui doivent être tricentenaires, énormes, parfaits comme des dessins d'enfants. Je m'assoyais en retrait dans l'ornière pour regarder le champ, où de gros ballots de foin cylindriques ponctuaient ici et là les sillons, jeu de billes pour géants. Je jouissais de cet espace malgré mon embauche au marché ; ils ne me donnaient que douze heures par semaine. Je pouvais encore dormir.

Durant l'interminable mois d'août, le beau temps persistait, tu visitas une ville quelconque avec des collègues. Il y avait beaucoup à voir. Ses frères et son père avaient beau être les meilleurs du continent pour faire les foins, Heather avait besoin de mes bras, elle en profita pour m'inviter chez elle. Il nous fallut deux jours pour remplir la grange. Nous plaçâmes d'abord les énormes cylindres de paille les uns par-dessus les autres, comblant tout le rez-de-chaussée. Iakiv, une cigarette aux lèvres, nous les amenait empalés sur la longue lance qui rendait son tracteur autoritaire. Les plus jeunes, Peter, Nikolaï et moi, forcions comme des colons sur des souches démesurées. Aux niveaux supérieurs, nous prenions garde au vide entre les meules sur lesquelles nous nous tenions. En soirée, nous mangions du vrai veau.

Le lendemain, nous nous sommes attaqués à l'immense mezzanine, qu'il fallait emplir jusqu'aux solives de plus petits cubes de foin. Dehors, les frères chargeaient le convoyeur qui montait les bottes à la fenêtre où nous les attendions, Heather et moi. Étage après étage, le foin s'accumulait en nous déchirant les bras et le torse au passage. L'élastique bleu ne retenait plus que la moitié de ses cheveux, le reste s'éméchait en amassant des pailles. Elle se donnait à l'ouvrage et je l'imitais par seul plaisir de faire enfin quelque chose de mon corps, rêvant du sien, de donner raison à toute cette sueur. Elle aimait que je la regarde, souriait presque, mais je n'avais pas le temps de m'attarder à son cou, ses fesses, ses seins, sa chute de reins, ses clavicules : nous approchions du plafond, le foin entrait par la fenêtre plus vite que nous ne pouvions l'empiler. Nous avons finalement été coincés en haut parmi les cubes, dans une alcôve d'où nous avons sauté.

Nous avons décidé de profiter de nuit du cliché de la grange. J'avais envie de ces brûlures, j'avais envie qu'une Irlandaise – même quarteronne, ça suffisait – vienne me rejoindre tout avinée dans les bottes à l'étage. C'est le fantasme le plus excitant parce que le plus écœurant. Se râper le dos, les fesses, les genoux sur une paillasse de fakir, entendre meugler dans l'étable à côté, sentir le cuir, le musc d'une journée d'effort, l'alcool de rang. Combien ont réellement eu la chance de s'adonner à l'adultère dans la grange du voisin? Je comprends que, pour certains, il valait mieux ne pas montrer tous les dessous du terroir. Rien n'y est choquant, pourtant. Pas de quoi se mettre à l'index.

As-tu fini ta danse du feu? Tout dort dans mon appartement. Puis-je seulement appeler ma pièce ainsi? Tout dort comme de la dynamite tranquille qui attend l'étincelle : le fouillis du comptoir, les piles de bouquins et le café renversé, mon matelas dégueule ses couvertures sur le sol, même le faible orangé des lampadaires qui lutte contre le shrapnel blanc vient s'étendre chez moi à travers la fenêtre, tout dort sur mes souvenirs répandus.

Je devrais m'allonger aussi, j'abdiquerai peut-être, pour l'instant je rattrape le temps perdu. Que faire d'autre? Je n'ai pas la télé. Nous n'avions pas amené de livres avec nous. Ils sont trop lourds pour les bagages, avais-tu dit, et à quoi serviraient-ils? avais-je répondu. Sont-ils une libre interprétation de notre réalité ou une transcription parfaite de notre fiction? Personne ne le

sait. Ils respirent autour comme la mer et les pierres.
Voilà ce que je lis maintenant – ne m'écoute pas, ou si
tu m'écoutes, ne pense à rien, laisse-toi conter, tu vas
aimer ça, l'auteur vient des Prairies : un homme saute
avec sa bonbonne de propane, il faisait du camping en
caravane, au Texas. C'est un miracle, il survit et peut
continuer à gagner sa croûte, comme on l'exige de tout
digne citoyen, s'il parvient à camoufler son visage : télé-
phoniste, camionneur, mascotte, clown. Il peut même
encore baiser, les putes ont bien des soucis à partager
avec lui. Son propane dormait, puis soudain un grand
spectacle son et lumière déchire la tôle comme du papier,
les flammes dansent dans l'accélérant comme des dia-
blotins et il n'y a plus que du passé dans sa vie.

Moi, je baise gratis, ma peau est parfaite et les sexes
sous les maillots m'ont mené à la piscine, c'est vrai. Je
suis même devenu sauveteur dès que j'en ai eu l'âge,
pour avoir un meilleur point de vue sur les filles détrem-
pées et les chevilles tordues. Un jour, un mariole faisait
des bonds toujours plus haut sur le tremplin. Son pied
versa sur le côté de la planche comme sur un rondin :
triple facture, du sang, du bleu, de l'enflure instantanée
et beaucoup d'écorchures, surtout à l'orgueil. Une autre
fois, une petite fille mit le pied dans un drain dont le
couvercle avait été déplacé par une vague. La cheville
était foulée et crochie, mais son tibia était pire, l'égouttoir avait entaillé une bouche baveuse sur tout le devant
de sa jambe, on voyait l'os entre les lèvres et les gen-
cives de gras rosâtre et caoutchouteux. Cette deuxième
bouche avait beaucoup à dire et je prenais des notes

dans le cahier de charge en répétant à la petite de me regarder et seulement moi, qui arpenterais un jour les espaces vides de la carte du Canada pour relever les secrets sous les fins tissus, et peut-être les siens quand elle serait grande, si elle était bien gentille. D'ailleurs, aimes-tu la lecture, choupette ? Moi, Jack London m'en a appris pas mal sur la fuite et les biscuits secs.

Nulle part je n'ai connu de plus violent vent d'ouest. C'était un froid mortel, au sens propre : un Indien fut retrouvé congelé dans un canal d'aqueduc, sous le chemin de fer. Je te dis qu'il aurait peut-être fallu le laisser là pour l'hiver, mais nous sommes vite passés à autre chose dans nos discussions. Le vélo valait mieux que la marche, surtout dans cette bourrasque. Là-bas, on ne risquait pas de se briser les os dans une pente. Pour me rendre au marché, je préférais ahaner durant cinq minutes en pédalant dans les trombes plutôt que d'en marcher vingt, luttant à quarante-cinq degrés contre la poudrerie qui s'infiltrait dans les replis de mes foulards. Aucune peau ne peut survivre à ce vent. Trois rues seulement te séparaient de l'école primaire. C'était pas si mal. C'est un froid sec.

Le soir, évachés sur le canapé, nous regardions CTV malgré la neige qui brouillait l'image, pour suivre les péripéties d'une dangereuse enquête menée par des policiers plus beaux et plus intelligents que nous. L'appartement avait intégré notre mémoire corporelle. Nous pouvions nous y déplacer la nuit sans allumer. Notre intimité avait atteint ce qu'elle devait atteindre, une satiété convenue où nos sexes avaient leurs heures, si bien que tu ne soupçonnais pas que je baisais quelqu'un d'autre.

C'était une chance incroyable, ce programme d'enseignement du français. Il y avait des réunions partout, à Saskatoon, à Winnipeg. Tu étais servie, toi qui voulais vivre un grand dépaysement, rencontrer des inconnus, voir les paysages que ton imaginaire emballait d'un superbe plastique de toutes les couleurs quand tu feuilletais les *National Geographic* de ton père. Tu me racontas encore ton voyage à Churchill avec Tammy, surtout ce moment si fantastique où les ours polaires, couchés en boule dans le lichen congelé, avaient levé la tête lorsque l'un des aventuriers North Face qui vous accompagnaient avait crié «youhou!». Tu me mimas avec tes mains le bébé maladroit qui s'était effondré aux pieds de sa mère. Les photos ne montraient que des roches grises, des nuages gris, et parfois un pelage sale qui s'éloignait du véhicule aux énormes roues. Pour l'essentiel, des portraits de voyageurs à l'intérieur du camion.

Il fallait partir. J'érigeai un cairn dans la lande, monticule marquant le passage de l'homme égaré : voilà, j'ai marché vers le vide. Il fallait que je me fonde dans le muskeg. Heather n'y pouvait rien, je n'avais aucune idée à lui soumettre. Je ne pouvais garder d'elle qu'un morceau dérobé, comme on garde une pierre trouvée en voyage. Quitter l'hiver pour l'hiver n'a rien de raisonnable. Mais le trappeur qui s'est foulé une cheville dans un terrier camouflé par un tas de branches n'a plus besoin de la raison. Il ouvre toutes grandes les narines, il bande les muscles et avance, sans autre objectif qu'être encore là demain, là pour lui-même.

J'ai eu beau chercher le point d'inaccessibilité relative, j'ai abouti six degrés plus bas, dans un un et demie au coin Duluth et Saint-Hubert. Tu es toujours là-bas, peut-être. J'ai commencé un nouveau livre. Il n'y a pas d'histoire vraiment. Seulement des personnages, des lieux, des objets et des événements qui se mélangent en suites de mots que je ne comprends pas. Pourtant, tous ces mots sont d'une simplicité. Je n'ai même pas besoin de dictionnaire. C'est comme si je m'étais infiltré chez un étranger. Il neige encore, si bien qu'il n'y a plus un angle, plus une courbe dehors, tout est plat. Que peut-on distinguer au fond d'un sablier? Quand tout cela aura monté cristal par cristal au-dessus de mon toit, j'éteindrai les lumières et me coucherai au milieu du salon.

Peur pastel

U N   H O M M E dans la trentaine retient dans le dos, par les vêtements, deux enfants assis sur des balançoires. Il s'apprête à les lâcher pour qu'ils amorcent leur mouvement de pendule. Malgré la visière de sa casquette, on peut voir qu'il regarde au sol et relève un coin des lèvres. Ce n'est pas tout à fait un sourire. Les enfants s'agrippent aux chaînes des balançoires. Ils sont pieds nus, ont le regard dur mais semblent s'amuser. Un ballon traîne dans le gravier. Derrière eux, le soleil transperce une lisière d'arbustes. Au verso : « Été 99. »

*

Nous squattons des terres volées, nos dollars sont des octets, chaque vestige mis au jour nous rappelle que ce que nous voyons, cette feuille entre nos mains, ces vêtements que nous portons, ces babioles, ces trésors, tout sera enseveli et délavé.

Au bout de la rue se trouve un bloc de six ou huit logements, en briques blanches. Pas une fenêtre ne donne sur le parc, elles donnent toutes sur la cour intérieure, où sont aussi les balcons. Quand nous avons déménagé là, le bâtiment nous faisait rire chaque fois que nous passions devant. Nous en parlions quelques minutes, le temps de nous rendre à la pharmacie ou au marché, imaginant que c'était la dernière œuvre d'un architecte radié et devenu alcoolique, nous en méprisions l'escroc de propriétaire qui laissait pourrir le gypse constellé de mousse dans les coins des chambres et mettait deux semaines à changer les chauffe-eau grillés dans les bunkers de la cave. Avec des fenêtres en regard comme ça, pas moyen de sortir de la douche sans se cacher, ni de baiser en paix dans le salon sans tirer les rideaux, et de toute façon, si les rideaux sont tirés en plein après-midi, les voisins d'en face se diront que leurs voisins d'en face sont en train de baiser, c'est certain. Puis nous rentrions de nos commissions pour nous faire à souper dans notre quatre et demie et nous oubliions le bloc.

Nous aimons les choux gras. Des gens laissent des meubles, des décorations, des outils dans les ruelles du quartier, nous passons, ramassons si ce n'est pas trop sale et si ça nous plaît. Parfois la chose mérite sa place au chemin, une planche défoncée, de la vaisselle brisée, des matelas saturés de pluie, des pots de plastique tellement micro-ondés que leur fond est tordu et pue la sauce à spaghetti pour toujours, des rebuts abandonnés à bon droit aux mâchoires du camion d'ordures. D'autres morceaux aboutissent sur le trottoir avec à peine une égratignure et alors nous nous déclarons éboueurs debout, rédempteurs de la camelote, repriseurs du méprisé. C'était avant l'hiver. Maintenant, le bloc en briques anciennement blanches ne nous fait plus rire.

*

Un chat dont la queue dépasse hors champ, au bas de l'image, se tient sur une roche, devant un lac. Il fait dos au photographe, mais tourne la tête pour le regarder. C'est un chat de gouttière, noir et brun, au visage zébré. La roche a sûrement été déposée sur ce terrain, dont la pelouse est tondue à la perfection. Derrière le chat, les feuilles d'un bosquet cachent une moitié du cadre. Dans l'autre moitié, le lac est calme, les quelques chalets de la rive d'en face s'y stratifient mollement. En arrière : « Sept. 86. Frisson. Beaulac. »

*

Mon enfant est une merveille, au sens où très peu l'entendent, même si tous emploient l'expression. Il n'accomplit aucun exploit. Il est ma fenêtre sur ce monde verrouillé, celui qui me fait prendre conscience de l'étrangeté de l'habituel et de la précarité du droit acquis d'être ici, en ces temps d'obscurité stroboscopique, côtoyant des gens qu'on aime oisivement au point de ne plus les voir, car aujourd'hui nous accapare et demain arrive, prévu, rempli d'avance, prêt à être biffé sur le calendrier. Notre chat se plaint durant la nuit. C'est un peu ma faute. Il ne sortait pas, bibelot de race, mais un jour il s'est échappé. Nous avons craint de le perdre, mais il est rentré, et depuis nous le laissons s'aventurer à sa guise. Il y a pris goût et miaule sans cesse à la porte pour entrer et sortir, ça défait mon sommeil. Le matin en attente n'est pas du même pastel chaque fois. Je ne sais si ces couleurs pourtant fades défigurent les objets banals qui m'entourent, je crains parfois d'aller me soulager et de prendre une gorgée d'eau avant de revenir dans la chaleur qui rayonne des creux de ma blonde sous les couvertures. Quelque chose de terré attend de se manifester, gris, ocre, s'immisçant par la frange des rideaux, peut-être la fatalité de disparaître que nous prétendons oublier en vivant, en vivant beaucoup. Quand je ne peux dormir, je m'assois au salon et je regarde les photos. L'ordre tel que l'humain l'a vécu et théorisé veut que les parents partent d'abord et que leurs enfants les remplacent sur le quai.

Il m'arrive aussi de remarquer ma blonde, après un mois ou deux de sablier. Nous existons de nouveau. Je lui dis : je ne te crois pas. Qu'elle ait voulu faire sa vie avec moi m'impressionne, m'humilie, me ramène à la fonction primordiale de mes sens. Au froid du verre, à la rugosité de l'écorce, à la fraîcheur du persil. C'est dans ces moments de fragilité que je sens patienter au détour des murs de terribles contingences. J'ai rêvé à ma fin à plusieurs reprises, éveillé, endormi. La dernière

fois, nous étions trois générations attablées sur la ter-
rasse arrière. Le ciel était si dense, si chargé, que nous
respirions les gouttelettes qui perlaient sur toute surface, que le silence roulait dans le plomb et, quand les
éclairs s'étaient mis à tomber, nous savions que nous
étions rendus au bout. Le transformateur accroché à
son poteau, au fond de la cour, avait explosé et grésillé
comme un feu de Bengale, la toile opaque des nuages
s'illuminait de flashs arythmiques. Le monde devenait
un daguerréotype terni. Vrillant lentement juste au-
dessus de nos têtes, un Boeing était allé s'écraser sur
Montréal-Nord, et la panique nous avait fait rentrer
pêle-mêle. Nous aurions pu rester sur place : un nouvel
engin venait droit sur nous en hurlant si fort que je
n'entendais plus rien. Je perdrais ma famille. Père, je ne
pouvais rien pour mon fils. Quand l'avion nous avait
enfin anéantis, c'était seulement lent, noir, silencieux
et sans douleur, en suspens.

*

Une cinquantaine de troncs arsins émergent d'un marais
où prolifère une végétation compacte, qui n'ose s'élever
hors de l'eau boueuse. Plusieurs arbres se sont affaissés
mais d'autres encore debout n'ont pas brûlé, leurs branches maigres et effeuillées se tordent en tous sens et leur
écorce fendue s'échappe en linéaments, comme si un
ours s'y était fait les griffes. Une partie du marais est
dégagée. S'y reflète un ciel plus sombre qu'il ne l'est en
réalité, nuageux. À l'endos : « Août 86. Lac à vase. »

*

Il n'y a rien de neuf chez nous. C'est un musée brun, couleur modeste s'il en est, prix à payer quand ça ne coûte rien. Le premier juillet est toujours une célébration, non pas parce que nous nous amusons de constater que les Québécois attendent la fête du Canada pour changer de logement, mais parce qu'ils laissent un nombre effarant d'éclats de leur passé dans les rues et les ruelles, nous en profitons sans vergogne. La récolte dure une semaine, c'est la haute saison. Le reste de l'année, on escompte un malheur : une rupture, une perte d'emploi, un retour chez maman ; il faut savoir flairer les fins de cycle. Les rebuts hibernent avec les mammifères, nous ne découvrons presque jamais rien dans le froid. Cet hiver, toutefois, nous avons trouvé. Au bout de la rue, derrière le bloc aux briques sales, un ameublement complet gisait dans la neige, des boîtes de carton éventrées débordant d'ustensiles, de draps, de rideaux aux motifs floraux encore entourloupés aux tringles, de romans d'amour à trente cennes. Un appartement entièrement recraché dehors, qu'une chenillette raclait pour faire un tas que les pick-up de la ville viendraient ramasser ou que la souffleuse réduirait en flocons.

Si ma mort n'est qu'un néant, je l'accepte, elle ne me fait pas peur. Mais je refuse celle des autres. Quand l'essentiel resurgit et que je remarque ma blonde, je lui dis : j'ignore ce que je deviens s'il t'arrive quelque chose. Mon garçon est un enfant solide, il fait la culbute et se cogne la tête sur tout ce qui obstrue son avancée

acrobate. De courts pleurs et une poque ne compromet-
tent pas la prochaine roulade. Il est aussi vulnérable que
nous. Les heures pastel m'empêchent de dormir, je me
moule à la chaleur de ma blonde en redoutant les hor-
reurs qui arracheront mon enfant à mes bras. Peut-être
qu'un jour nous croiserons un homme dont le molosse
s'élancera sans raison sur la poussette, pour refermer
ses mâchoires sur le visage de notre fils, ce visage qui
ressemble tant au mien. De telles bêtes sont imprévisibles, en elles peut remonter d'âges lointains une furie
de loup. «Votre enfant a fait un geste, mon chien s'est
senti attaqué», hurlera l'homme pour se défendre au
moment où je le tuerai de mes mains. Peut-être qu'un
jour, en faisant la vaisselle, j'échapperai le couteau de
boucher qui ira se planter entre ses petites vertèbres
cervicales, à travers la douceur de son cou qui sent le
caramel. Peut-être qu'un jour, en voiture, la malchance
nous choisira et, dans la tôle écrabouillée, tête en bas,
retenu dans le vide par la ceinture de sécurité, j'enten-
drai la radio continuer sa chanson, mais aucun pleur
ne viendra du siège d'appoint. Peut-être qu'un jour une
maladie le défigurera, une maladie qui attendait tapie
en nous, de père en fils, pour germer au hasard, défor-
mant son corps et nous faisant tous pourrir par ricochet.

Rien ne lui arrive encore que la beauté, rien ne
nous appartient en propre que la lenteur, il ne faut
pas l'oublier.

*

Une dame a pris la place du chat devant la roche, mais le photographe s'est déplacé. Plan américain. Elle est aveuglée par le soleil et plisse les yeux ; pourtant les arbres derrière elle sont dans l'ombre. Elle porte un pantalon à plis bleu poudre, un tricot blanc aux manches roulées jusqu'aux coudes, un foulard blanc à fleurs rouges noué en cravate, d'énormes boucles d'oreilles blanches. Elle a de grosses pommettes, sourit presque. Ses cheveux blancs sont retenus en arrière. Le lac est plus foncé que le ciel. Quelques nuages y flottent, ronds, un quai s'avance. À l'endos : « Sept. 86. Moi – 67 ans – à côté du chalet. »

*

Nous sommes arrivés par la ruelle, tirant notre fils dans son traîneau. La gratte finissait d'amonceler les restes de l'appartement, elle est repartie en crachant. L'enthousiasme pour notre soudaine richesse s'est résorbé quand nous avons compris qu'il s'agissait là de la totalité des effets d'une vieille dame, sans doute décédée et à ce point esseulée que personne ne s'était donné la peine de trier ses biens, d'en disposer avec un minimum de respect. Le propriétaire avait tout vidé au coin de la ruelle, alors que le cadavre de la vieille attendait dans l'anonymat d'un tiroir de morgue avec les autres dépouilles non réclamées. Il faisait trop froid pour se recueillir et nous avons décidé de lui rendre hommage en sauvant du dépotoir un morceau de son passé. Nous avons pris une boîte. Une fois rentrés, nous y avons découvert un pot de fleurs, des broderies, quatre photos.

Je regarde les passants par la fenêtre, je sue contre mon voisin dans le métro, j'ignore les gens dans une file d'attente, je ne peux ni ne veux rien pour eux, je nous sais condamnés par les vapeurs d'asphalte, l'ubiquité du grand guignol et la victoire des chiffres sur les lettres. Nous sommes quantité négligeable au milieu du béton et du pétrole, s'il faut qu'on nous écrase on le fera, que nous soyons des universitaires, des réfugiés fuyant la famine, des pensionnaires contraints au bon voisinage pour des intérêts supérieurs qu'il est préférable de méconnaître. Les plus sublimes paysages me font ressentir ma putrescence imminente. Ce que je crois mien peut m'être enlevé à tout instant par la loi ou les armes. On n'attend qu'un léger débordement de détresse pour nous fondre dessus.

Mais je n'arrive pas abandonner tout à fait, même si le lien m'unissant à l'humanité, que je croyais manifeste dans la ressemblance de mon corps à celui des autres, toutes couleurs confondues, s'est aboli. Contre ma conviction de l'échec général lutte en moi un sentiment que je croyais invalidé par mon expérience du monde : l'espoir, qui, après avoir entretenu l'illusion d'une bonté humaine fondamentale, a disparu durant ma vingtaine pour reparaître, avec mon fils, en affaire privée. J'espère qu'il sera en santé. J'espère que ma blonde n'aura pas comme les autres femmes d'Occident un cancer la pourrissant dedans comme dehors avant l'âge de la retraite.

J'espère que mon père ne s'ennuie pas trop dans son deux et demie. J'espère que mes amis ont raison de se réjouir quand ils se réjouissent. Après avoir embrassé la planète entière, mon espoir s'est rabougri à l'immédiat, et je tends la main dans la cacophonie avec le souhait parfois de toucher quelqu'un, quelque chose. Ce sont les pires réussites de notre ère : maintenir les pyramides en état malgré les avions qui s'écrasent, individualiser l'espoir. L'infime espérance au rayonnement diffus, qui dévoile en mensonge l'apparence du monde, comme la lueur de mon cadran au milieu de l'insomnie, braises sans chaleur m'indiquant la sortie, m'annonçant le matin pastel qui arrive. Il faut mettre la main devant sa petite espérance pour que la paume irradie – rouge de sang ou de honte, on ne sait trop. Parfois, on peut y lire son identité. Chaque fois, on replonge la pièce dans le noir. Mon fils est beau et le sera sûrement long-temps, en lui réside tout ce qui reste d'humain dans ce pays d'épluchures desséchées. J'attends la catastrophe, le grand chaos. J'attends qu'en pleine nuit les cloches des dernières églises encore invendues se mettent à sonner pour rassembler ceux qui sauront encore ce que veut dire être ensemble. S'il est alors assez vieux et souhaite se mêler à l'assemblée, j'en bénirai mon fils, puis j'irai, avec qui voudra m'accompagner, survivre quelques mois, quelque part, probablement au Nord.

Eldorado

U N FORTIN construit par des hommes de trois saisons ne saurait les protéger de la quatrième. Retenue par des piquets, une simple toile aurait le même succès contre le vent, le gel, la neige, la maladie. Entre les pierres, le mortier s'effrite et l'air siffle des flocons qui s'accumulent le long des murs, au pied des morts. Les vivants qui le peuvent, avec sur les épaules des couvertures en étoffe trois saisons, errent d'une paillasse à l'autre pour compter les dents qui tombent, en priant Dieu, même les calvinistes, de faire surgir sur la rivière France-Prime une caravelle d'acier capable de fendre les glaces. Frères humains qui vivrez après nous, il vous faudrait voir ce qu'il reste de Frotté, La Brosse, Pierrot et les autres pour comprendre : il n'y a rien pour nous ici.

Les pauvres filles ne tiennent plus, résignées au rut des affranchis redevenus des bêtes. Deux sont enceintes, de tout le monde, pourrais-je dire, et les autres n'ont plus la force de se défendre. Il y a eu un autre meurtre, avant-hier, on ne peut savoir de qui le coup de surin est l'œuvre. Tous ont le même regard. Encore cette nuit, trois hommes ont péri de ce mal atroce qui défigure, émacie et putréfie corps et âme sans appel. Roberval a perdu son autorité bien qu'il ait tenté de l'exacerber à l'automne, pour effrayer ses colons prompts au péché, par le sacrifice exemplaire de Frotté, La Brosse, Pierrot et les autres. Les plus sensés, les plus industrieux, qui savaient faire lever le blé, colmater les toitures et réparer les charrettes, ne pouvaient laisser Roberval nous négliger de la sorte et je les en ai bénis, quelle méprise. Le vice-roi et sa garde rapprochée ne se protègent plus qu'entre eux désormais. Ils ont le feu des arquebuses et le fer des armures, occupent le pavillon du bas de la falaise pour épier les venues sur la grande rivière. Je les soupçonne de préparer leur désertion. Ils pactisent avec les locaux. Je reste avec les faibles et les fous ; s'il est encore une âme à rescaper, ce sera l'une des leurs. Puisque la mort se délecte de notre indigence morale et charnelle, mon ministère est indispensable parmi eux.

Les hommes qui avaient bâti le fortin, eux, en avaient eu assez de ce pays et l'avaient fui avec dans leurs cales des pierres qu'ils espéraient précieuses. Quelque part dans la mer des Terres Neuves, nous les avions croisés. Frotté et Pierrot étaient montés dans un des navires pour aider au ravitaillement en morues. Ils avaient vu les barils de roche et le regard du capitaine Cartier, qui avait refusé de rebrousser chemin malgré l'intimation de Roberval, et avait tendu la voilure pour la France en pleine nuit. Sûrement souhaitait-il rivaliser à son seul profit avec les galions qui se pressent dans les ports ibériques, rentrant du Nouveau Monde alourdis d'or, d'argent, de cuivre, de perroquets multicolores et de sous-hommes au nez percé qui s'agencent si bien aux tapisseries des palais. Nous entendions leurs histoires jusque dans les campagnes. Plus d'un fermier m'avaient dit vouloir traverser l'océan et récolter les fruits dorés dans les jardins de l'Eldorado. Roberval a le même appétit que Cartier, nous souffrons aujourd'hui de sa démesure.

Il n'était pas seulement furieux, comme il nous en avait fait l'annonce solennelle sur le pont de son navire, affublé de son attirail militaire, de perdre en Cartier un allié ayant vu les meilleures terres à coloniser. Il fulminait de devoir recommencer le bavardage avec les barbares qui connaissent la route du Royaume du Saguenay, où, paraît-il, l'or déboule sous vos pas. C'était son seul désir, La Brosse l'avait entendu s'en plaindre à l'artificier Thévin à l'automne, quand nous manquions déjà de tout et que le froid approchait. Que faire de l'or quand des vies sont en jeu ? Il ne se mange pas comme le cuir des ceintures. Mon unique souci est de récolter la plus grande moisson d'âmes, même viciées.

Les coffres du roi étaient vides, il a semé de l'ivraie. Nous sommes arrivés tant bien que mal en été avec du lard, du cidre, du bétail chétif, deux centaines de colons, avec le mandat de faire germer dans la brousse une nouvelle et florissante province de France. Afin de racheter leur liberté, trente meurtriers, voleurs et violeurs avaient accepté de quitter les geôles humides de Paris où ils respiraient l'urine, les excréments et la pourriture de leurs codétenus gangrenés par les balafres des fers, pour venir s'enfermer dans une autre prison où le souffle gèle et tombe en breloques à vos pieds. Nous n'étions pas mécontents de débarquer ici, pourtant. Il faisait bon, l'air était saturé d'arômes dont nous ne connaissions la provenance, le soleil nous caressait comme il le fait dans les campagnes du Morbihan. Les locaux nous ont fait bon accueil, le luth de Jeannot s'est mêlé aux chants et aux tambours durant quatre jours, nous avons beaucoup mangé et écouté de longs discours en cette langue curieuse dont les mélodies sont bien plus riches que celles qu'on répète dans nos églises. J'ai cru à la douceur de la vie sur terre.

J'oubliais le vice-roi. Nous savions Roberval despote. Ceux qui l'ignoraient l'ont appris quand il a abandonné sa nièce sur une île minuscule au beau milieu de la mer des Terres Neuves, avec sa duègne et le marin dont elle s'était entichée. Sûrement méritait-elle meilleur sort, elle qui avait aidé à financer le voyage de son oncle, guerrier reconnu et hâbleur en vue à la cour, mais ruiné par le train du haut rang et dont nous entendions parler jusque dans les campagnes. La jeune fille et ses compagnons sont certainement congelés aujourd'hui, leurs corps de glace roulent dans le ressac et s'entaillent sur les saillies du roc. A-t-elle eu pire fin que nous? Il faut voir ce qu'il reste de Frotté, La Brosse, Pierrot et les autres pour comprendre. Ce pays en entier est la terre de Caïn, les forêts luxuriantes et les sols arables ne sont qu'un maquillage du Diable pour nous attirer dans ses rets. Frères humains, n'ayez pas le cœur endurci contre nous. Nous avons fait de notre mieux. Quand la grâce touche, elle transforme les esprits les plus corrompus. Mais elle est circonspecte. Elle s'économise. Les femmes de mauvaises mœurs qu'on a envoyées ici n'ont pas l'habitude de tenir ménage et il s'est établi une hiérarchie entre les hommes selon la gravité de leurs crimes. Mes pauvres amis sont encore au gibet dans la cour intérieure du fort, cette potence que Roberval les a obligés à bâtir eux-mêmes avant de les y pendre. Ils sont là attachés, cinq, six, depuis longtemps dévorés et pourris, mais maintenant figés par le gel en d'affreuses et torses postures. La corde de l'un d'eux s'est rompue. Il fait si froid que, du corps se fracassant au sol, une jambe déjà passablement becquetée par les charognards s'est détachée sous le genou. On en voit le talon noir émergeant de la neige, à côté de la dépouille qui, face contre terre, gauchit incongrûment ses membres restants vers le ciel. Dieu n'entend rien de l'imploration. Leurs os ne deviennent ni cendre ni poudre, mais cristaux de glace. C'est à croire qu'Il leur refuse la paix dans la mort.

Ils n'ont pas été occis par justice. Le vice-roi n'a cure de la justice. À l'automne, alors que la terre nous donnait à peine un pain à cuire par jour, que les réserves pourrissaient dans les baricauts sous la pluie et que les locaux nous harcelaient perpétuellement, au lieu de chercher à nous sustenter de quelque manière, il avait envoyé un navire à Paris s'enquérir de la valeur des pierres de

Cartier et un autre découvrir un passage au Nord vers les Indes en contournant les falaises du Labrador. Il ne restait au port que la *Marie,* nous étions seuls, repris de justice, putains, hommes de métier, matelots et moi, unique aumônier de la colonie, contre ses hallebardiers et sa petite cour. Il avait fait mettre aux fers et exiler sur un îlot un affamé qui avait volé un dé à coudre ne valant pas cinq sols tournois. Il avait fait fouetter deux gueux et une femme qui se querellaient pour des peccadilles. Aurait-il voulu endiguer la méfiance des justes et la hargne des criminels qu'il aurait fait exactement le contraire.

Les feuilles tombaient des arbres, le vent annonçait nos souffrances d'aujourd'hui. La Brosse est venu m'entretenir, avec Pierrot et Frotté, du plan qu'ils avaient préparé avec deux proches de Roberval, Gallois et Jean de Nantes, pour redresser la colonie, qui ne survivrait pas à telle gestion arbitraire et tyrannique. Ils avaient perdu beaucoup de poids. Pierrot devait s'arrêter de m'expliquer ses frustrations pour tousser et cracher des glaviots opaques. Les trois étaient épuisés. Nous étions si loin de notre pays, des nôtres. Roberval devenait ennemi. Il fallait se battre pour vivre. J'ai d'abord refusé de les y encourager, mais lorsque le vice-roi a signé le pardon d'un gentilhomme de sa garde rapprochée qui avait tué un matelot pour une histoire de couche, j'ai compris qu'il fallait au Seigneur prendre parole en ces lieux infestés. Pourquoi importer les vices de l'Europe ? me suis-je dit. Ce pays virginal n'est-il pas une trame où l'homme purifié de ses péchés pourra repartir à neuf ? Les bons ont le destin de régner quelque part. Nos affranchis ont communié en Jésus Christ, et le Canada, par ses rigueurs, en fera d'honnêtes et hardis serviteurs.

Je n'y crois plus aujourd'hui. Cette terre est pourrie au-dedans.

Avant qu'ils n'aient même pu tenter un coup, le vice-roi les attendait un matin dans la cour en tenue de combat, avec ses officiers armés et ses courtisans aux pourpoints tachés de boue. Il leur a lu une déclaration selon laquelle ils étaient condamnés à être mis à mort par pendaison pour avoir ourdi une mutinerie, sitôt l'échafaud construit de leurs propres mains. Mes exhortations ont été inutiles. Je suis convaincu que Roberval ne s'était pas converti au catholicisme pour s'attirer les faveurs du roi, comme nous l'entendions jusque dans la campagne. Il m'a ordonné de me mêler des affaires des cieux quand il avait le pouvoir sur terre. N'est-ce pourtant le ciel qui fait descendre sur lui, sur nous, le froid qui maintenant crevasse le sol et nous paralyse, un par un?

L'automne s'est avancé et la pluie a lavé les corps que nous n'avons pu décrocher pour leur offrir une sépulture décente. La terre était encore meuble et à une lieue seulement nos gens ont découvert le cimetière où Cartier a enterré ses morts. Roberval nous en a empêchés, pour que tous vivent avec, au-dessus de la tête, ce qui les attend s'ils se mettent entre lui et l'or du Nouveau Monde. Des oiseaux de races inconnues ont cavé les yeux des suppliciés et décharné leur barbe et leurs sourcils. Le vent, s'il les a charriés à son plaisir, puisqu'il vient du fleuve et souffle sans s'arrêter, au moins nous a-t-il épargné leur odeur. Les premières nuits de gel n'ont pas tardé à suivre l'exécution, et les premières neiges. Une condamnation, ai-je senti à part moi, superbe, lente, silencieuse, terrible.

Nous avons mangé le bétail, mais la satiété n'a calmé les hommes que deux semaines. Malgré la famine qui commençait à nous creuser l'estomac et les joues, le vice-roi a organisé de nouvelles expéditions sur les rivières des alentours, avec des locaux qui s'étaient vendus à sa coutellerie et le pourvoyaient abondamment en gibier et en remèdes mystérieux. La césure s'est faite d'elle-même : les chercheurs d'or bien portants barricadés dans le pavillon du bas, près de la grande rivière ; ceux qui restaient, dans le pavillon du sommet, errant de-ci de-là dans les bois adjacents, attrapant des lièvres et des poissons les jours de chance, la crève et la diarrhée le reste du calendrier.

Depuis que les caques de morues salées sont vides, l'atroce mal se répand. Nous perdons nos dents, les viscères remontent infects dans notre gorge, nous sommes transis. Les plus malades n'ont aucune force et leurs jambes sont enflées, parsemées de gouttes de sang pourpre, avec les nerfs noircis comme du charbon. Et nous, en nul temps nous ne sommes assis, car dès que nous demeurons immobiles nous ne sentons plus nos pieds, nous nous traînons d'une paillasse à l'autre. Ma vie me semble une perpétuelle procession, je reçois la confesse en marchant, je distribue l'extrême-onction comme des poignées de main. Ceux qui le peuvent encore, avec sur les épaules leur couverture en étoffe trois saisons, abattent des arbres pour nourrir la cheminée, qui pourtant garde tout pour elle, et l'orée du bois recule au point qu'il devient dangereux de s'y rendre pour bûcher.

L'hiver a achevé le peu d'humanité que les repentants avaient recouvrée. En crise, Jeannot a rompu son luth du pied et en a lancé les éclats dans l'âtre. Des querelles éclatent pour des racines, des carcasses de rats des champs et de petits volatiles dont le gel a stoppé la putréfaction. Tous portent sur eux des objets qu'ils ont trouvés, des tiges de métal, des colifichets, des outils de navigation de la *Marie*. Les plus courageux les troquent avec les locaux contre des morceaux de poisson gelé. Certains s'en menacent lors de rixes. D'autres, qui attribuent encore une valeur à de tels échanges, s'en servent pour payer les femmes. Le seul trésor qui a valu aux colons de s'élever au compromis a été la demie du dernier tonneau de cidre. Ils ont arraché les lattes et fendu le bloc en glaçons qu'ils ont sucés chacun dans leur coin, en silence, avec tous ce même regard, suppôts pendus aux mamelles de Lilith. D'un groupe de désœuvrés ayant fui dans les bois, un seul est revenu, pour expirer dans ses hallucinations le soir même. Nous avons placé son corps avec ceux des autres, derrière le mur. Il y en a une quarantaine déjà. Comment ferons-nous? La faim, le mal nous troublent l'esprit. Plusieurs me rapportent des histoires de revenants et d'animaux fabuleux surgissant des ombres. Je perds aussi mes moyens, moi qui pourtant connais bien mes ouailles et tente de garder ma tête malgré l'extrémité où nous sommes réduits. Ce matin, je n'ai pas reconnu l'un des hommes, qui se promenait insuffisamment vêtu en tenant un bijou de cuivre dans la main, et j'ai dû avoir une faiblesse car il est disparu devant moi. Tout à l'heure, au bois, une dispute a dégénéré et un matelot s'est fait trancher la main par un coup de hache. Dans quel monde avons-nous échoué, je ne sais. Le sang, sitôt giclé de son poignet, gelait sur la neige tapée. Je prie chaque jour avec ceux qui ont encore foi. Plusieurs rêvent de la chaleur de l'enfer. Ils se méprennent, j'en ai peur. L'enfer n'est pas de flammes mais de glace. D'ici à ce qu'un miracle nous sauve ou qu'un dernier malheur nous achève, nous prions, nous prions que Dieu veuille tous nous absoudre.

Le ver

APRÈS UNE JOURNÉE à tenter de nettoyer ma cour, qui prenait des allures de jardin anglais à l'abandon, je fus apaisé de retrouver dans la maison les objets tels que je les avais laissés. Tout était à sa place, ou, plutôt, tout générait le fatras habituel : les piles de livres, la poussière sur le piano, la vaisselle sur le comptoir, le linge sale parmi les vêtements propres sur le plancher de ma chambre. Le bordel m'allait.

J'avais oublié Alice depuis plusieurs mois, le quotidien avait recommencé sa boucle. Je ne pensais plus, fouillant dans une des bibliothèques : «Ah oui, ce livre-là, elle l'avait complètement vomi», et j'acceptais de perpétuellement tomber sur ses maudites bobépines entre les lattes du plancher, dans le fond des tiroirs, bouchant le coude du renvoi du lavabo. Elles se multipliaient dans le désordre qui prenait possession de mon espace vital comme la nature envahit une ville fantôme.

Alice disparue, j'avais effacé ses traces en quelques clics, et sa moue de poseuse hypocrite ne m'apparaissait plus à chacun de mes blues. Mais la frustration causée par mon indomptable jardin la ressuscita dans ma mémoire morte et, la nuit venue, elle bêchait la cour sous un orage diagonal, creusait la fange pour en extraire à deux mains des chenilles grosses comme des chats, et des tibias qu'elle rongeait, puis des livres boursouflés d'eau brune qu'elle lançait à mes pieds pour que les mains griffues qui en surgissaient m'agrippassent aux chevilles. Malgré le ciel couvert qui déversait des trombes interminablement, les ombres roulaient au sol, rendant plus mates encore les flaques de boue, cherchant mes pieds, et je devais danser pour les éviter tout comme j'esquivais Alice qui tentait de m'embrasser en giguant, sans suivre le tango que nous jouait le piano à travers les cordes. Me redressant d'un trait sur le lit, je vis par la fenêtre le gris-bleu de la nuit et entendis la pluie battre le terrain comme un roulement de caisse claire.

Depuis quelques semaines, je n'éprouvais plus de terreur lors de ces rêves, ne les considérais même plus comme des cauchemars. Seuls les enfants confondent garde-robe et repaire grouillant de monstruosités ; les adultes raisonnent leurs inquiétudes nocturnes. Tout était clair dans ce rêve-là, un mélange inquiétant, mais aisément explicable. La cour, la terre, les livres, les ombres, le piano. Ma journée s'était déplacée, condensée dans mon sommeil. Aucune menace dans ces images. Seulement, Alice n'avait rien eu à faire dans le déroulement du dernier jour. Mon jardin, d'ailleurs, elle le trouvait salissant, et trop lent à donner trop peu. Je ne l'entretenais pas en sa mémoire.

Je passai le reste de la nuit devant la baie vitrée du salon, loin de la cour, à regarder un égout avaler le flot continu du caniveau, à écouter le grondement de la pluie. C'était un salon dans le goût espagnol, avec des tentures, des bustes de toreros, un grillage, un épais tapis rouge. Mes parents avaient cette lubie de décorer chaque pièce de manière très typée. Quand Alice et moi avions emménagé dans cette maison patrimoniale du Vieux-Rosemont, j'avais préféré ne rien transformer. Elle avait été léguée à mon père par mon grand-père, et j'en avais hérité à mon tour, n'ayant pas prévu que mes parents mourraient tous deux au même instant, dans la même voiture, sur le même chemin de gravelle, broyés par une énorme poutre de bois que le voisin d'en haut faisait livrer sur sa terre par un camion-grue pour agrandir une aile de son domaine.

Ce camion renversé par sa charge, immense et poussiéreuse, sur un cabriolet qui allait tranquillement, fin juillet, se garer dans l'entrée du plus suisse des chalets de Mont-Laurier, avait causé une mort très littéraire. J'avais dit : « Ça se peut pas. Je suis sûr qu'on a déjà écrit ça quelque part. » Alice me l'avait reproché, répliquant que je voyais des histoires partout au lieu de la réalité, m'accusant même de vouloir composer, si je ne le trouvais pas dans un livre, le récit du cabriolet écrasé, pour donner raison à mes « ostis de "possibles" à marde », en mimant des guillemets avec ses doigts.

J'avais, en guise de réponse, encaissé illico les sommes qui m'échoyaient, vendu à prix symbolique la maison de campagne et résilié le bail de notre appartement trop cher pour nous installer dans cette grande demeure, où je pouvais plus librement ranger mes bouquins, et elle ses bouteilles de lotion pour le corps, ses coffrets de bijoux, sa parfumerie et ses collections printemps-été en mue permanente.

Évidemment, cette maison, malgré l'aubaine, ne lui avait pas suffi. J'y étais le seul en deuil, mais je croyais devoir faire ma part et souffrir un peu pour qu'on ait un chez-nous. Cela comptait, à mes yeux du moins, pour une compensation. Mais elle me houspillait du soir au matin parce que rien ne se trouvait à la place qu'elle aurait choisie, elle, si elle avait choisi, elle, sa propre maison, son propre salon, sa propre chambre, et je parvenais tant bien que mal à remettre de l'ordre derrière elle, en me disant que, si elle avait eu le sang bleu dans une époque de dentelle, elle aurait fouetté ses bonnes et baisé ses valets. Même la cour – elle n'en avait jamais possédé – n'était pas à son goût : « On est pas du bon bord de la rue. Y a pas assez de soleil. » Vrai qu'elle ne bronzait pas beaucoup avec sa complexion de rousse. Pour ma part, je faisais pousser au moins une centaine de tomates par été.

Au matin, des ramilles arrachées à l'érable par le vent recouvraient le terrain détrempé. Du balcon, je pouvais voir la terre gorgée d'eau du jardin et les pousses affaissées dans la boue. Au pied de l'escalier, où mes pas répétés avaient éradiqué l'herbe, s'était formée une mare où des vers de terre pataugeaient en se tortillant d'un bonheur primitif.

Ces bestioles jouiraient de ma terre quand moi je me salirais jusqu'aux genoux juste à m'approcher de mon fenouil pour le remettre d'aplomb? Ça s'immergeait en glougloutant, ça plongeait, ça affleurait avec un visible plaisir, alors que cette propriété qui me revenait de droit en vertu des lois arborescentes de la descendance, cette terre que je peinais à sarcler, à semer, à arroser chaque jour, cette maison que j'habitais avec toute la fierté d'un fils n'étaient somme toute que source de déception et de solitude. Que faire de ces lombrics qui s'entrelaçaient dans la boue de ma propriété? Je pourrais toujours les ramasser à pleines poignées pour les lancer plus loin, ils retrouveraient leur chemin par de nouvelles canalisations. La solution, en fait, c'était de les écraser un à un après les avoir repêchés. Ou mieux encore de les trancher en suffisamment d'anneaux pour qu'ils cessent de grouiller.

Au bas de l'escalier, je m'accroupis sur la flaque. Se détachant des feuilles de l'érable centenaire qui dominait la cour, de grosses gouttes me tombaient dans le cou et je grelottais en fixant la soupe mouvante entre mes genoux. Je choisis un lombric bien gras et translucide, qui bougeait un peu à la manière d'Alice quand elle me montrait un vêtement dernière tendance en se cambrant devant le miroir. J'étendis le corps annelé sur la marche où je me tenais. Il laissait filtrer autant de rose que de ce gris-bleu qui avait enveloppé la cour entière la nuit précédente. Ma truelle était à portée de main. J'en chatouillai la bestiole avant de l'enfoncer lentement en son centre un peu rebondi, d'où s'écoulèrent une glaire grisâtre et un peu de sable. Les deux hémistiches du ver continuèrent de se tortiller, jusqu'à ce que je les sectionne. Je puisai dans la petite mare un autre lombric.

Je tirai une joie d'enfant de la récolte abondante. Les restes s'accumulaient sur la marche et cuisaient au soleil, formant un tas qui débordait dans la flaque. Le premier des lombrics que j'avais tranchés craquelait maintenant, couleur rouille. La terre et la bisque qu'ils sécrétaient séchaient en croûte, ça puait l'eau croupie, mes mains boueuses me faisaient mal, je m'étais entaillé quelques doigts avec ma truelle, mais je me sentais puissant, presque en transe. Il ne restait plus beaucoup de vers dans la mare de boue. Je creusai le fond pour y dénicher les derniers.

J'allais délaisser ma besogne, satisfait, quand j'en repêchai un autre, une vraie bête, longue d'un décimètre au moins, bien grasse, qui me répugna particulièrement. Je voulus l'exécuter sur-le-champ, mais elle roula en suivant mon mouvement au lieu de céder. Je forçai. Son long corps visqueux refusa de s'abandonner à la lame. Cet énorme ver semblait doté d'une échine. Les entailles laissèrent voir une tige noire, solide, comme vertébrée.

Je remarquai alors que des dizaines d'oiseaux m'entouraient, se chamaillant pour dérober les morceaux de chair. Comment avais-je pu ne pas les entendre ? Étaient-ils là depuis longtemps ? Avaient-ils attendu, silencieux, le sacrifice du ver roi avant de se manifester ? L'ombre indiquait seize heures. J'avais passé la journée à découper des lombrics. Mon cou élançait, et je ressentis d'un coup une brûlure intense, mes bras étaient complètement rougis. Je regardai mes mains, boueuses et tailladées, et j'eus peur de mon égarement, mais surtout de ce que je venais de découvrir. Le ver de terre n'avait pas une colonne vertébrale mutante comme je l'avais cru. Son corps contenait une bobépine.

Le soir atténua tout en une masse indistincte de ce gris-bleu qui ne m'évoquait plus rien. Je tentai de me raisonner. Alice n'était pas venue pendant la nuit, à la pluie battante, pour pêcher un lombric et lui insérer une épingle dans le cul. Et l'eût-elle fait, pourquoi ? M'effrayer ? Me menacer de son possible retour dans ma vie ? Peut-être m'épiait-elle, la veille, quand j'avais sursauté en entendant ricaner un écureuil, quand j'avais pris peur devant le chat qui me dévisageait. Elle avait voulu en rajouter en cachant une bobépine dans un ver démesuré ? Alice était malveillante, mais trop calculatrice pour dépenser son énergie en manœuvres vouées à l'échec. Non. Cette épingle traînait dans la cour depuis des lunes. Le ver l'avait gobée, par accident. Cela se peut-il ? Du reste, elle n'était pas rouillée.

Cette journée passée sans que je m'en aperçoive devait trouver son explication quelque part en moi, dans mes habitudes, mon héritage. Comment pouvais-je tant rager de ne pouvoir soigner mon jardin? Comment pouvais-je perdre dix heures à hacher menu des vers de terre? Alice, dans le fond, m'avait toujours subtilement ignoré. C'était sa spécialité, même quand elle couchait dans mon lit.

L'explication venait d'ailleurs.

Enfant, au chalet, j'observais tous les jours la progression du lierre sur le mur du hangar. La plante s'agrippait de ses lianes à chaque aspérité du bois, tendant dans l'espace de nouvelles tiges rouges et fines, qui verdissaient vite et retombaient sur la masse des feuilles. S'il fallait qu'une pousse s'éloigne un peu trop des autres, je la dirigeais moi-même. Le lierre ne pouvait suivre que les chemins que je lui imposais. Lorsqu'à l'automne ses feuilles mouraient, il ne restait sur la grille qu'un lacis de branches nues au parcours éclectique, une main aux doigts innombrables qui gangrenaient la paroi. Je rêvais qu'un jour cette poigne finisse par étouffer complètement la construction de planches, que les bras griffus rejoignent peu à peu le sous-bois, la maison, la forêt, la montagne, et je rêvais d'aller, en me faufilant entre les racines, m'étendre dans le caveau formé par la remise écroulée, pour m'endormir dans l'humus.

Dans les bois, j'avais aménagé plusieurs caches, où je dissimulais mon butin volé sur les bords de la rivière, des baguettes de sourcier, des cocottes aux propriétés magiques me permettant de discuter avec les chamans qui hantaient certaines portions du domaine. Dans un de ces repaires, je découvris un jour un tamia à la patte arrière complètement arrachée ; il n'en restait qu'un lambeau de chair palpitante. Je n'ai pas cherché à comprendre comment l'animal s'était blessé, ni pourquoi j'étais le premier prédateur à le trouver. Tout l'après-midi, je lui ai raconté l'origine des étoiles, après l'avoir entouré d'un muret de terre et recouvert de feuillage. Sachant que ma mère me ramènerait bientôt dans l'autre monde en criant le souper, je l'ai torturé. Avec une branche, puis une grosse roche que je lui ai lancée dessus à plusieurs reprises pour l'achever. Une fois jeté dans la rivière, le tamia a fait du surplace quelques secondes avant de sombrer, laissant remonter une bulle qui s'est enfuie avec le courant.

Ces souvenirs, si troublants fussent-ils, n'éclairaient pas la situation présente. Des vers de terre ? Ces remémorations n'en contenaient pas. Et Alice n'avait rien à voir avec mon enfance. J'arpentai la maison pour chercher des preuves que tout était normal. Les brûlures sur mes bras et mon cou m'accaparaient, donnant l'impression que ma peau se crevassait et craquait à chaque mouvement, mais la douleur me gardait justement dans un état de lucidité aiguë. En m'enfargeant dans les boîtes, les livres et les bouteilles vides, je quittai le séjour – aménagé comme un boudoir style Louis XVI – pour aller inspecter la cuisine, calquée sur le modèle de Francfort. Aucun détail, aucun indice. Ni Alice, ni le grand Manitou, la Sainte Trinité, le Principe, ou je ne sais quelles forces ésotériques ne me préparaient de coup fourré. Les gestes que j'avais faits malgré moi dans la cour devaient trouver leur origine dans quelque chose d'élémentaire, comme mes souvenirs d'enfance, qui me revenaient non pas qu'en images, mais avec toutes les sensations multipliées et amalgamées, avec l'odeur de la moiteur et de la gomme de pin mêlée au frottis des feuilles dans le vent, avec le picotement des pattes de maringouins sur les mollets, la couleur chocolat du sang sur le pelage du tamia et la sécheresse dans ma gorge, mes yeux.

Je vidai le contenu des étagères et des tiroirs. Trébuchant contre des récipients qui volèrent dans un coin, je me rattrapai à un tabouret et vis au fond, sous l'évier, parmi la tuyauterie et les bouteilles de détergent, un chapeau minuscule, qui émergeait d'entre les goulots. Une demi-sphère parfaite, penchant un peu vers moi au bout de son pied… Je m'approchai. La tête d'un champignon. Un champignon sous mon évier. Je laissais se putréfier dans l'ombre et l'humidité un bijou de design entre-deux-guerres ! Je dégageai les détergents pour constater qu'il ne se trouvait pas là qu'un seul mycète égaré, mais un tapis répugnant de glu grisâtre, d'où proliféraient une centaine de champignons d'espèces diverses, faisant un enclos spongieux autour des bouteilles de plastique. J'ignorais les noms de ces champignons, sauf pour certains, que je connaissais de mon enfance. Des vesses-de-loup. Pareilles à celles que j'allais cueillir dans la montagne, pour les écraser et en faire surgir les spores par le petit point qui leur servait de cheminée. Après réflexion, je pus m'expliquer sans trop de mal la présence de ces champignons sous l'évier. Mes parents n'étant pas à une extravagance près, ils en avaient sûrement rapporté des spécimens du chalet, les avaient gardés sous l'évier puis les y avaient oubliés dans un contenant de carton humide, où ils s'étaient multipliés. Aucune raison de m'en faire.

Bien qu'ils me répugnassent, j'hésitai à les enlever. Mes brûlures élançaient toujours plus, et j'avais si mal à la tête que j'avais l'impression qu'il me poussait des cornes. Je craignais de découvrir dans la mousse quelques lombrics qui m'auraient échappé durant l'après-midi. Il n'y en avait pas, évidemment, mais tout de même…

N'empêche que quelque chose clochait. Le jardin contingent, le rêve désagréable, le ver, les bobépines, les souvenirs, les vesses-de-loup dans la cuisine… Je tissais des liens avec une grande clarté, mais quelque chose achoppait, et ce ne pouvait être moi. Même de m'être oublié, pendant plusieurs heures sous le soleil cuisant, à ma dégoûtante besogne, s'expliquait. La joie. De punir. Ceux qui se repaissent du malheur des autres. Non, la zone grise était ailleurs. Ces chinoiseries me faisaient me sentir étranger dans ma propre maison pour la première fois de ma vie.

Étendu sur le dos, je scrutais les replis du baldaquin, les détails parfaits du piqué de soie à mes pieds et le dessin du papier peint bleu et or d'une richesse extravagante : une volute se ramifiait en quelques branches autour d'un bourgeon, et ce motif foisonnait autour, avec, dans les interstices, une voie lactée de fleurs de lys. Dans ma chambre, parfaite réplique de celle du gouverneur Jean de Lauson dans sa seigneurie de la rive sud de Québec, je saisis ce qu'il me fallait pour sortir de cet état étrange, léthargique. Je m'approchai de la superbe fresque pour la détailler et en comprendre la composition.

La fibre dorée partait d'un nœud central, sorte de gland pansu à la base et terminé par une tête creuse, et s'entourloupait rapidement comme la fumée d'un cigare. Après une circonvolution autour du gland, la fibre s'élargissait et s'incurvait comme un crochet à pitoune – oui, cet outil viril créé par nos ancêtres pour asservir les grands espaces vierges – avant de s'affiner à nouveau en remontant vers un autre nœud. Et cette faucille magnifique se répétait éternellement dans des proportions identiques. Je voyais scintiller les fleurs de lys. Je me dis : « Voilà. »

De la maîtrise. De la rigueur. Celui qui avait conçu cette fresque impeccable n'avait rien laissé au hasard. Je devais changer. Je devais l'imiter. Reprendre le contrôle de la cour. J'en ferais ce que je voudrais. Mon terrain était pour ainsi dire retourné en friches. Ni mon jardin de trois par cinq mètres ni mon cabanon de tôle ne le faisaient mien tout à fait. J'avais rempli la maison de tous mes objets. Elle était un lieu habité, pleinement. Les champignons sous l'évier n'étaient qu'un petit écart, commis par mes parents, de surcroît. Je résolus que, dès le lendemain, j'occuperais mon terrain, pluie ou pas ;

que je marquerais de ma présence chaque centimètre de mon territoire, de mon patrimoine, du seul endroit au monde que je pouvais appeler « chez moi » sans que la loi des hommes me contredise. Et j'avais bien sûr en ma possession les documents légaux pour le prouver, que j'allai chercher dans le classeur, au fond du cabinet de lecture style fin dix-neuvième. Ce ne fut pas facile de m'y rendre. Les bibliothèques rejetaient leurs livres, qui s'amoncelaient dans le corridor, je devais contourner les fauteuils renversés, enjamber les chandeliers. Tous les papiers se trouvaient encore à leur place, à mon grand soulagement. Avis de décès, transferts notariés, signatures, condoléances. Je pris le titre de propriété, le pliai et le glissai dans ma poche-revolver. Maître chez moi. Quelle puissance.

Revenant sur mes pas, je vis par terre le portrait de mon grand-père, dont le cadre ouvragé était fendu. Je me souvenais l'avoir vu, la veille, accroché comme à l'habitude. Alice ? Serait-elle montée pour décrocher la toile après avoir inséré l'épingle dans le ver ? Elle savait le respect que je vouais à mon grand-père paternel, cet homme irremplaçable à l'origine de tout. Si quelque chose ici ne devait ni disparaître ni s'altérer, c'était bien la disposition des visages sur les murs du cabinet. Chaque bibliothèque était séparée de sa voisine par un portrait. Retirer celui du patriarche déracinait tous les autres.

Je m'avançai vers l'espace libre près de la porte, d'où mon grand-père, regard ferme et tonsure bienveillante, aurait dû superviser sa descendance. Au mur,

la peinture s'écaillait en raison de renflements irrégu-
liers. Je déposai le portrait, l'appuyant au bas du mur,
et grattai un morceau de plâtre, puis un autre, et dégageai une paroi de bois dur où l'écorce tenait encore,
une belle écorce épaisse et rugueuse, qui sentait l'humidité. La cloison sonna creux comme un fût quand
je la cognai du poing. Du sol, le grand-père me fixait.
Je songeai à nouveau aux champignons. J'arrachai un
morceau d'écorce, qui se détacha avec résistance de
l'aubier. Quelque chose poussait là. Voilà au moins qui
discréditait la thèse de l'intervention d'Alice. L'écorce,
en s'épaississant, avait décroché le tableau.

Je sortis en vitesse du cabinet de lecture, jetant un
dernier regard au portrait de mon grand-père.

Mes bras, mon cou chauffaient de plus en plus, mais
je refusais de m'abandonner à la panique. Je me forçai
à penser aux travaux que j'entreprendrais le lendemain,
passai en revue dans mon esprit les outils dont je dis-
posais dans le cabanon. Mais il fallait que je fasse descendre la fièvre, et mes mains entaillées étaient encore
toutes sales de boue fissurée, mes ongles noirs de terre,
mon sang séché viré au brun, comme celui du tamia
le long de mes doigts, chargé de grains de sable noir. Je
montai à la salle de bain, la pièce la plus moderne de
la maison, à aire ouverte, au sol de céramique noire,
au mobilier nickelé, et dotée d'une douche en coin si
grande qu'elle n'avait pas besoin de portes vitrées. Je
remplis la baignoire d'eau tiède. Quand je m'y glissai,
mes élancements se calmèrent, mes transports aussi.

Je ne m'étais jamais rendu compte à quel point j'aimais cette salle de bain ultramoderne, fruit d'une maîtrise formelle équivalente à celle dont avait fait preuve le tapissier du seigneur de Lauson. Rien n'y était laissé au hasard. De l'art, du style, l'œuvre de l'homme dans un monde sauvage. L'ardoise m'apaisait, les halogènes tamisés atténuaient mon mal de tête. Il ne me restait qu'à calmer mes brûlures. Peut-être restait-il une bouteille de crème hydratante qu'Alice aurait oubliée ? Je ramassai une serviette propre parmi celles qui jonchaient le sol et m'épongeai doucement. J'ouvris la pharmacie. Des cloportes tombèrent dans le lavabo avec un cliquetis de sable et de carapaces entrechoquées, puis un énorme scutigère, lourdement, mi-félin mi-couleuvre, qui s'enfuit par le drain. Il restait bien un pot de crème dans la pharmacie. Son bouchon émergeait à moitié de la masse de branches, de racines et de feuillage poussant dans la terre riche qui tapissait la cavité. Je me détournai du lavabo, en serrant les dents.

La rage ne contracte pas que les mâchoires. Le temps se contracte aussi. Serrez les poings jusqu'à en avoir des crampes dans les paumes. Jusqu'à blanchir des jointures, jusqu'à imprimer vos ongles dans votre peau, en relâchant l'air doucement entre vos dents. Marchez de long en large dans les corridors en donnant un coup de pied dans chaque objet que vous croisez et crachez tous les jurons que vous connaissez. Avez-vous vu le temps passer? Non. Je ne sais combien de temps passa. Le ciel s'éclaircissait, les oiseaux recommençaient leurs vocalises, et j'avais réussi à sortir dans la cour le buffet italien, l'ensemble assorti de table et de chaises, la totalité de la vaisselle et de la coutellerie, les bureaux style Nouvelle-France et les canapés Louis XVI. J'avais sorti tout cela seul. En sacrant plus violemment chaque fois que je devais dégager un nouveau meuble. Toutes ces pièces superbes qui valaient tant à mes yeux, qui avaient tant valu à ceux de mes parents, de mes grands-parents, commençaient à s'enraciner dans le plancher, si bien que j'avais dû en briser ou en scier les pattes.

La cour était de plus en plus remplie de morceaux de mobilier magnifiquement ouvragés. Mais il restait des morceaux de choix à descendre, je ne pouvais m'arrêter. Le fauteuil robuste derrière le bureau du cabinet, quelle œuvre – des accotoirs à la courbe gracieuse, auxquels s'arrimaient parfaitement les avant-bras quand on s'adossait à la maroquinerie rouge tendue par une série de rivets; une corolle, à la tête du dossier, déployant des pétales arrondis, et partout des coquilles, des feuilles d'acanthe, des ourlets ciselés par les gestes précis d'un ébéniste. Et cette armoire de six pieds de haut, que j'avais achetée à un antiquaire de Kamouraska, faite de chêne massif, dont les frises et le soubassement tout en sobriété laissaient place à l'expression des vantaux et à leurs traverses ornées de mille gravures, leurs planchettes rectangulaires, leurs saillies en pointes de diamant. C'était un meuble extraordinaire. Je le fis basculer à regret dans l'escalier, et il débola jusqu'en bas en ébranlant l'étage.

En travaillant, je sentais mon titre de propriété (je l'avais mis dans une enveloppe brune, glissée dans ma ceinture) entailler la peau de mon ventre à chaque mouvement brusque, mais j'en avais besoin. Celui qui viendrait m'interrompre dans mon labeur pour me dire qu'on dézonait toute la rue se retrouverait sans argument quand je lui brandirais ce papier.

Chaque retour à l'intérieur de la maison devenait plus difficile. Les champignons maintenant débordaient de l'armoire et le plancher de la cuisine glissait de plus en plus à mesure que je les piétinais. Il me fallait traverser la pièce pour accéder au balcon arrière et je patinais, dans le sentier que je tapais, avec un lustre de cristal dans les bras ou en tirant par secousses un bahut. Le plus pénible fut de déplacer la bibliothèque du boudoir. Je voulais m'épargner de la vider de ses livres anciens, mes plus rares, à reliure de cuir, qui sentaient bon le papier ranci, mais elle bascula avec son contenu dans le ruisseau qui s'était formé à l'entrée de la pièce, dans le corridor. Je dus sortir le meuble d'abord et revenir plusieurs fois chercher les livres dans la boue avant de les reclasser par ordre alphabétique.

Je trouvai beaucoup de classe à ce nouveau décor. Les branches pendantes de l'érable venaient s'incliner sur l'ensemble de salle à manger italien, qui boitait un peu, mais le lustre affaissé tenait en équilibre au centre de la table et le buffet restait droit une fois accoté à la clôture. Je m'attristai du boudoir, moins réussi : les fauteuils s'étaient abîmés plus que les autres meubles dans le déménagement. Mais je m'enorgueillis du contraste que leurs couleurs créaient dans la cour, aux teintes terreuses. La sensibilité de l'homme sera toujours supérieure aux agencements fortuits de la nature.

Les ombres avançaient. Il me manquait une source de lumière naturelle mais contrôlable : le fanal, oui, que je gardais sur ma table de chevet, parmi tous ces objets essentiels à la vie d'avant le vingtième siècle. Combien Alice abhorrait ces accessoires d'une autre époque. Combien je lui répétais qu'on était aussi fragiles qu'à l'âge de pierre.

Ce dernier objet à quérir, une fois intégré au mobilier de la cour, parachèverait mon œuvre de domestication et de civilisation, et j'éprouverais la fierté qui échoit à celui qui, esseulé, abandonné par la famille et l'amour, allume en pleine nuit la lueur salvatrice. Dans les corridors maintenant presque impraticables, la mousse recouvrait le sol et les objets que j'y avais éparpillés à coups de pied. Ici, une masse de lichen rappelait vaguement une botte de travail ; là, un récipient de porcelaine en forme de cœur que ma grand-mère adorait, rempli d'eau, duquel je voyais émerger, entre les nénuphars, des yeux de grenouille. Le piano s'était lui aussi couvert d'écorce. J'enfonçai une touche cornue ; tout le clavier se décrocha d'un bloc en craquant, dans un cluster de quatre-vingt-huit notes. Des branches sortaient des murs en tous sens, je les repoussais en me protégeant le visage. Un tronc gigantesque traversait le hall du premier étage de part en part, comme si l'arbre avait basculé dans le boudoir après avoir été abattu, mais les murs n'étaient pas effondrés ni les plafonds défoncés. La nature se jouait de moi par divers subterfuges, violant ses propres lois, mais il était trop tard pour me dévier de ma tâche. Ça grouillait dans les feuillages, toutes sortes de bêtes se préparaient à me bondir dessus. Que pouvaient-elles contre moi, qui asservissais le cosmos? La végétation se serrait dans l'embrasure de la porte de ma chambre. Une masse de fougères, de hautes herbes et d'orties m'empêchait d'entrer. Il y avait un autre accès, mon cagibi donnant sur la salle de bain. Je revins sur mes pas en enfourchant le tronc qui obstruait la voie et faillis me noyer dans le torrent qui s'écoulait du plafond de la douche et rebondissait au sol dans de furieux remous que la baignoire déglutissait. Des billes de bois s'entrechoquaient dans le tournis, je dus en éviter plusieurs en me halant vers la porte grâce aux joncs qui poussaient sur les murs.

Dans la tempête, trouver le fanal ne fut pas une mince affaire. Je creusais la neige mains nues, le vent me poudrait le visage de fines aiguilles. Le soir se pressa de tomber et assombrit tout. Je repérai néanmoins la lampe sous le lit, où elle avait roulé pour se protéger de la neige. Je me l'attachai au torse.

Malgré un retour vers la cour plus périlleux encore, jamais mon trésor ne quitta mon cœur, et je parvins à ressortir, meurtri mais sauf, dans l'euphorie du coureur des bois qui découvre aux confins de la forêt le dernier poste de la compagnie, alors qu'il s'était résigné à se laisser mourir à la prochaine clairière. Quelques lianes surgirent par un carreau brisé pour m'agripper, mais je m'en dépris. Il était trop tard pour m'arrêter, je triomphais. Devant moi, un miracle : tous ces meubles dans la pâleur du crépuscule, cordés les uns près des autres.

J'avançai vers la table et m'affalai sur la chaise la plus droite. Combien de jours passés à travailler, sans dormir ? Peu importait. Je pris une boîte d'allumettes dans un tiroir du buffet. La voûte des branches s'illumina grâce à la flamme du fanal. Une sensation de quiétude m'envahit. Le vent cessa. Tout se tut. Ne restaient que mon cœur emballé, ma fatigue extrême et mes douleurs aux bras et au cou. S'y ajoutait un picotement désagréable, une sorte de mouvement cutané. Je n'avais plus de force, mes muscles se relâchaient. Je pleumais. Tirant sur les flocons blancs, je desquamai peu à peu la totalité de mes bras. À la lueur oscillante du fanal, je vis ma peau rosâtre, visqueuse, un peu diaphane. En se régénérant, mes bras s'étaient enrobés d'anneaux contractiles et ma peau translucide laissait paraître des morceaux plus foncés, gris-bleu comme la nuit. Mon cou était toujours ankylosé. J'en contractai les muscles, que je sentais m'encercler comme un collier, et ma tête roula tout autour, sur une épaule, vers l'arrière, sur l'autre épaule, puis encore vers mon sternum. Je tentai de toucher ma nuque, mais mon bras ne répondit pas, pendant à l'articulation de mon coude.

Le ver

Je sentis contre mon ventre mon titre de propriété, qui me procurait une chaleur agréable. Le papier continuait de m'entailler la peau, les coins me perforant comme des épines, mais plus rien ne causait de soucis désormais. Mon esprit était libéré. Tout était si simple. J'avais pour moi seul toute la terre. Je m'y étendis avec peine et m'y avançai lentement, avec l'irrépressible désir de la creuser, de l'embrasser, de m'y enfouir.

Une histoire canadienne

22 août 1964

MONSIEUR LE DIRECTEUR,

Je vous écris pour faire le point sur les recherches qui m'ont mené à la découverte de documents majeurs. Vous avez toujours su me conseiller jusqu'à aujourd'hui. Comme, vous le verrez, la question est particulièrement délicate, j'aimerais avoir votre avis sur l'usage à faire de ces papiers. Depuis que je les ai en main, il me prend l'envie de tout arrêter, de remettre ma démission au département, de changer de nom. Je ne le ferai pas. Quelques mots de votre part me convaincront – je dois les entendre d'un autre – qu'il n'y a pas là grand-chose de révoltant, car ainsi va le monde. Vous le savez comme moi, peut-être mieux encore, on érige des statues aux politiciens, aux militaires, aux poètes, quand ce sont eux qui agissent avec le moins de sagesse, qui tuent pour le tracé d'un pays sur une carte, qui inventent des mythes nationaux seulement pour la rime.

Il n'y a pas lieu de vous faire le portrait étendu de cet aïeul, que vous connaissez, je crois. Rappelez-vous seulement l'homélie de monseigneur Brunelle en son honneur lors de la commémoration du centenaire, il y a vingt-cinq ans. Relisez aussi, pour goûter l'ironie, cette entrée biographique tirée du livre *Nos héros, notre passé*, que David-Olivier Durand a publié en 1883 :

« Le Dʳ Arthur Pothier

Né à Saint-Jean-sur-Richelieu le 18 septembre 1806.

Ayant grandi sous la tutelle de son oncle Édouard, un clerc enseignant au séminaire de Montréal, le Dʳ Arthur Pothier, destiné à occuper un poste de haut rang parmi les siens, reçut une solide éducation. Son esprit vif, son charme et son assurance lui permirent de pratiquer rapidement sa profession auprès d'une clientèle toujours plus nombreuse et reconnaissante. Déjà au jeune âge de vingt-six ans il fut appelé à faire preuve d'une grande compassion et d'un héroïsme incontestable en soignant ses proches, victimes de l'épidémie de choléra de 1832, magnanimité qu'il ne trahit jamais par la suite. Il maria en justes noces Aimée Saint-Germain le 14 mars 1833, union qui surpassa en félicité les espérances qu'il y avait investies. Il eut trois enfants de ce mariage.

De robuste constitution, le Dʳ Pothier, fier Canadien dont le patriotisme n'avait d'égal que la probité, était habile tant à la parole qu'au tir à la carabine. Il eut tôt fait de gagner la confiance de ses concitoyens, si bien qu'il fut nommé capitaine de milice et leva dès septembre 1837 un groupe de combattants (parmi lesquels Despins et Lamoureux) qui durent fuir après la débandade de la bataille de Saint-Charles.

Il fut arrêté à Saint-Jean alors qu'il préparait sa fuite vers les États-Unis, où l'attendaient Nelson et quelques centaines d'insurgés.

Il mourut en martyr sur l'échafaud avec quatre autres malheureux, le 7 novembre 1838. La postérité se souviendra de son inébranlable force morale et de ses actes de bravoure en tant que seul médecin au cachot, lui qui prodigua jusqu'à la toute fin des soins de première nécessité à ses compatriotes condamnés, qui souffraient de conditions de détention ignobles.»

*

Ça pourrait être pire, se dit Charles en brossant son cheval après l'avoir lavé au petit ruisseau qui coule à travers le boisé, à l'entrée de la bourgade de Saint-Jean. La bête n'a perdu aucun de ses fers et la blessure au haut de sa cuisse n'est qu'une éraflure. Lui-même n'a qu'un léger élancement à l'épaule. Après la nuit calme et les soins que Charles lui a donnés, dans ce boisé à l'écart du village, la jument a retrouvé son regard d'enfant docile. Elle ne hennit plus ni n'expire brusquement des naseaux. Si l'homme repasse comme il l'a promis, ils pourront revenir à la maison et peut-être à la normale.

— C'est beau, Mamzelle, c'est beau.

Il a dormi tant bien que mal dans la cabine du fiacre, penché sur son essieu brisé, sans couverture, sans avoir pu se réchauffer en faisant un feu. L'homme lui a interdit d'en allumer un, promettant, en échange de sa discrétion, de revenir avec une roue et un essieu neufs. Il fait froid en ce début d'octobre ; les longs transports ne se font pas sans préparation. Le cheval a mangé la ration de surplus que Charles prépare chaque matin, mais le caisson est vide désormais.

Si l'homme l'aide à réparer la carriole avant le soir, ils pourront rentrer à Montréal sans se presser. Car même les conducteurs de fiacre ne doivent pas se presser en ces temps troublés. La hâte est suspecte, les contrôles, inopinés. Charles n'a rien à se reprocher. Il conduit tout le monde de bonne foi, et ce n'est pas le premier passager étrange qu'il transporte depuis l'année dernière. Tout le pays est tendu, les patrouilles le sillonnent et les visages doivent être oubliés. Grâce à cette réparation, il pourra reprendre la route et durant les quelques heures du trajet se convaincre qu'il a toute raison de ne pas chercher à connaître ce qui se cache derrière l'identité des étrangers.

Le soleil annonce trois heures quand un habitant entre avec sa charrette dans le boisé, par la clairière du sud. Le type s'approche sans un mot. Il dégage de son chargement de foin un essieu de métal, une roue de modeste facture, un maillet. En une heure, le fiacre est en état et la jument attelée. Les deux hommes n'ont pas échangé de paroles pendant l'ouvrage, et le fermier repart sans répondre aux remerciements de Charles.

— Aweille, Mamzelle. Aweille. On y va.

*

Nous en avons parlé lors de notre dernière rencontre, je commence à mettre en doute la raison même de notre travail. Les documents sur lesquels nous nous basons sont lacunaires. Peu importe que nous en fassions des jalons, il subsistera toujours autant de vide. Notre rôle, me paraît-il souvent, est de le combler d'impressions au goût du jour. Qu'en est-il de l'objectivité qui devrait guider nos observations quand il ne s'agit non pas de faits, mais de vies, comme la mienne, la vôtre ? Je le comprends mieux depuis que j'avance dans la poussière et les piles de papier jauni qu'il me faut manipuler avec des gants, sous surveillance, comme si c'étaient les reliques du treizième apôtre.

C'est d'autant plus pénible que je suis très attaché à cette période historique. Vous avez lu·le dossier préparatoire de mes recherches doctorales que je vous ai soumis, à propos des interrogatoires menés lors de l'arrestation, de l'accusation et du jugement des Patriotes, en 1838. Vous savez donc que, grâce à l'étude du boîtier 47.A.30-39 du fonds du Royal Act of Union Collection, conservé aux Archives nationales de Londres, j'ai pu prouver que des aveux avaient été soutirés aux incriminés non seulement par soudoiement, mais aussi par torture. La révocation de l'habeas corpus, les incendies, les rixes, les viols survenus durant l'avancée de Colborne sur le pays sont des faits notoires, mais la torture, au Pied-du-Courant, restait à démontrer. Je ne sais trop si je suis fier ou non de cette découverte.

*

On se bouscule sur la place. Comme tous les samedis, les fermiers s'entassent avec leurs paniers remplis de maïs un peu sec, de courges, de tomates, de laitues fanées. Une masse de ménagères grouille et se presse d'une table à l'autre, cherchant les vendeurs qu'elles connaissent, se faufilant entre les charrettes de poisson et les vigies de l'armée britannique.

La fraîcheur n'est pas désagréable sous le soleil qui se reflète sur les pavés humides. Dans les vapeurs s'échappant de la bouche des enfants, les feuilles mortes que foulent les marcheurs, les jours écourtés et les femmes embellies par leur toilette d'automne, Charles revit la fin d'octobre comme il l'aime tant. Déjà, il doit porter son carrick, et même poser sur ses cuisses sa couverture écrue par temps pluvieux. Mais aujourd'hui, les oiseaux volent loin au-dessus des clochers, il conduit son fiacre sans s'en encombrer. Comme personne ne vient le solliciter, il stationne devant le tapissier Craig, à son poste habituel depuis une heure, et soigne son cheval, Mamzelle, la seule et unique fierté qu'il ait dans ce bas monde.

Il distingue, à travers la criée des vendeurs et le trot d'un cavalier, quelques exclamations d'enfants ou de mouettes, puis la discussion de deux officiers. Le brouhaha le fait tanguer doucement d'une distraction à l'autre, si bien qu'il sursaute quand un homme lui saisit le bras, vivement, pour l'attirer vers lui, près de la cabine du fiacre.

— Cocher, j'ai besoin de vous.

— À votre service, monsieur.

— Docteur. Il me faut aller à Saint-Jean au plus vite.

— Saint-Jean ! Un long trajet de même, docteur, ça se demande pas de dernière minute. Pis les routes sont gardées pas mal. Avez-vous de la maladie là-bas ?

— Je vous paierai. Cher. S'il vous plaît, mon ami, partons dès maintenant.

Charles pense à Louise, à ses robes reprisées, au calfeutrage à remplacer avant l'hiver, qui viendra vite. Ils ne sont pas miséreux, d'autres ont beaucoup moins, mais un aller-retour rapide et à fort prix se refuserait mal. Et l'homme semble si pressé...

— À votre service, docteur.

*

Ma très chère épouse,

C'est avec accablement que je te fais parvenir cette missive, l'ultime qu'ils me laisseront écrire, m'ont-ils prévenu. J'espère que ce n'est pas par elle que tu apprendras ma capture, et qu'ainsi tu pourras, à la lecture de ces mots, non pas t'abandonner au désespoir, mais trouver en toi, avec l'aide du Tout-Puissant, la force de m'accompagner de tout ton cœur vers le destin qui m'a été choisi. J'affronterai mieux ce que Dieu mettra sur ma voie.

Je m'en remets à lui, car je crains que la justice des hommes ne soit pas à l'égal de nos idéaux, de ceux de notre noble race, les seuls qui conviennent au cœur pur des justes que la barbarie se complaît à priver de leur foi, de leur langue et de leur pays. Notre cause est perdue, les Chasseurs sont en déroute et on m'a passé les fers à Saint-Jean hier. Je doute de pouvoir sortir d'ici pour t'embrasser de nouveau, et, si cette lettre est bien ma dernière, sache que ton amour aura comblé tous mes rêves d'homme, de mari et de père, et que ton appui dans mon engagement envers la liberté m'a été plus cher que celui de tous mes compagnons d'armes.

Je te demande aujourd'hui de trouver un jour le bonheur, si une telle chose est possible pour le cœur meurtri d'une épouse endeuillée, et de garder en mémoire que je respecterai devant l'Éternel ma promesse de t'aimer jusqu'à mon dernier souffle.

Il ne nous reste plus qu'à prier pour que les demandes de clémence soient entendues et qu'on commue ma peine en déportation. Je ne m'illusionne pas. L'odeur du sang a enragé nos bourreaux et je les sais déterminés à non pas faire prévaloir la raison et le droit, mais à perpétuer l'iniquité qui fonde leur religion et à nous éliminer dans le froid, l'humiliation et la douleur. Jamais ma haine n'a-t-elle été aussi exacerbée. Je la sens égale à l'amour que je porte à notre pays blessé.

Il règne ici une lourde atmosphère parmi les détenus, car les gardiens laissent volontairement les traîtres et les mouchards avec nous, bien qu'ils leur aient promis libération en échange de leur déposition. Plusieurs sont mal en point, ayant été forcés aux aveux sous la torture. Mais que valent des doigts cassés ou des brûlures quand la vie de nos compatriotes, ces soldats de misère qui n'avaient que des bâtons, des fourches et du courage à opposer à l'envahisseur, leur est volée par des divulgations éhontées ? Je demande au Seigneur de m'accorder la force de pardonner.

Quoi qu'il advienne, n'oublie jamais que je resterai
Ton malheureux, mais affectionné mari,
Arthur Pothier

*

Dans la salle ornée de boiseries, les parquets luisent, parfaitement cirés. Tenant de ses deux mains son chapeau à plat sur sa poitrine, Charles suit les planches du regard, de ses pieds aux balustres, des balustres à ses pieds. Il flotte une odeur de poudre et de café. Le magistrat s'adresse à lui dans l'autre langue. C'est une musique ronde et gutturale, étrangement percussive, qu'on lui traduit à mesure.

— Monsieur Charles Louis Talbot ?

— Oui, monsieur.

— Nous avons accueilli hier à notre bureau un certain Jean-Baptiste Latreille, de Saint-Jean, habitant. Ce monsieur affirme avoir été mandaté par un étranger pour aider un cocher à réparer son véhicule dans un boisé près du village. Monsieur Latreille soupçonne l'inconnu d'être un Frère Chasseur.

Ces mots chantants se mélangent, dans la tête de Charles, au souvenir de son voyage avec le docteur, aux demandes répétées pour qu'il accélère la cadence et à cette route sombre à travers champs, qui aboutit au boisé, à ces ornières impraticables et Mamzelle fonçant droit dans le brûlis où l'essieu casse net sur une pierre en saillie et la roue fracassée, le docteur le secouant, lui se relevant parmi les fougères, je te donne ma parole, demain tu pourras partir, je t'enverrai quelqu'un.

— Monsieur !

— Pardon !

— Avez-vous compris ? Avez-vous bel et bien payé trois piastres, ce matin, pour une roue neuve et un essieu d'alliage de six pieds chez Jacques McPherson, ferblantier sis au 48, Sainte-Anne, oui ou non ?

— Tu sais c'est qui pis tu vas nous le dire !

Il s'entend crier de loin, comme si son esprit avait déjà quitté son corps et l'attendait de l'autre côté du mur de pierre. Dans sa mémoire, sur le chemin tranquille, dans le soir doux, il s'attriste de devoir craindre les militaires ou les insurgés dans un monde où l'on s'oublie si facilement dans les étoiles. Montréal est noire en face, il pourra s'embarquer sur le ferry avant l'aurore, traverser pour rejoindre Louise, inquiète, qui se réveille à chaque bruit de bottes qui résonne sur les pavés. Une nouvelle brûlure lui cautérise la chair en faisant monter des volutes épaisses qui puent le porc calciné, il voit ses jambes tordues, sanglantes, il ne pourra plus brosser Mamzelle sans grimper sur un tabouret.

— C'est qui ? Câlisse ! Parle !

Dans la poitrine de Charles, un nœud grand comme un poing, comme le tamia qui a disparu dans le buisson juste avant qu'il secoue la bride pour sortir du boisé, remonte tranquillement dans sa gorge, et, quand une autre fois le tisonnier siffle en lui creusant les côtes, il hurle, en ruant, les reins cambrés :

— Le docteur !

*

Ma tendre épouse, mon Aimée,

Je prends la chance de t'écrire encore et trouverai un moyen de te faire parvenir cette missive, quel qu'il soit, car je ne peux garder caché en moi ce que je viens de vivre. Tu es la seule qui puisse l'entendre, hormis le Seigneur, par le truchement du prêtre qui accueillera ma dernière confession. Le Seigneur entre les mains de qui je place le salut de mon âme. J'espère qu'il fera preuve de la miséricorde qui m'a fait défaut.

Ma peine ne sera pas commuée. Ces tyrans m'ont plutôt convoqué pour m'avertir de me préparer à mourir dans quelques jours, le 7 novembre, sur le coup de midi. Je ne sais si je réussirai à partir dignement, même si j'ai combattu pour la liberté des miens, avec la fierté que ne pouvait manquer de m'inspirer le courage de mes compagnons d'infortune. Ce n'est pas que notre cause ne valait pas d'être défendue en dépit de toutes les vicissitudes, ce que j'ai fait avec droiture, mais bien que je me sois moi-même abaissé à l'abjection dont je voulais débarrasser notre malheureux pays.

Hier, après m'avoir prévenu du sort funeste auquel je me résigne, messieurs Day et Muller m'ont escorté jusqu'à l'aile qui jouxte la cour intérieure, où nous croupissons, les condamnés et les malades. J'étais heureux de retrouver là mes amis, malgré ma peine de lire dans leurs yeux leur mort elle aussi annoncée. Mon arrivée les a égayés tout autant, soulagés qu'ils étaient de voir un médecin arriver parmi eux. Tout de suite, ils m'ont demandé d'assister un pauvre homme, Talbot, qui avait été particulièrement maltraité durant son interrogatoire. Ils me laissèrent seul avec lui dans sa cellule humide et sombre. À la lumière de la chandelle, je pus constater l'horreur du traitement qu'ils lui avaient infligé. Ses jambes étaient informes, son corps était couvert de brûlures noires et rouges, suintantes. Son visage… Son visage, Aimée, quand je l'ai reconnu, m'a rempli d'une rage qui m'a aveuglé. C'était lui, le cocher qui m'avait mené à Saint-Jean. Il m'a sans aucun doute dénoncé, car deux jours plus tard on m'arrêtait, moi, pour haute trahison. C'est pourtant lui qui m'a trahi. Moi qui avais même envoyé quelqu'un l'aider ! Comment calomnier ainsi des hommes si dévoués qui risquent leur vie sous les trombes du feu ennemi pour le bien de leurs compatriotes ? Sans la félonie de ce vulgaire chauffeur de fiacre, j'aurais rejoint Labelle et Perreault et nous aurions fui vers la frontière pour préparer l'insurrection. La colère a voilé ma raison.

Quand je suis sorti de la cellule, encore furieux, sous le choc d'avoir achevé cet homme, mes compagnons ont cru que mon émotion n'était due qu'à l'horrible constat de ses blessures. Je leur ai dit qu'il était mort dans mes bras. Ils ne savent pas comment. Je peine à croire ce que je lui ai fait subir par cette revanche cruelle que je ne me serais jamais pensé capable de savourer aussi vilement. Je me garderai de t'en faire souffrir les détails. Mon Aimée, j'avance vers la mort et je sais maintenant que ce n'est pas en raison des lois iniques qui tiennent notre pays sous leur joug que je pendrai au gibet, mais bien parce que j'ai tué un frère comme on liquide un animal blessé, par vengeance. Par désespoir d'avoir échoué. Par haine. Je mérite cette mort.

Je te prie de garder cette lettre, pour que le souvenir de mon crime ne s'éteigne pas à ma mort. Je ne compte pas m'amender par cette confession, mais je formule le souhait que quelqu'un, un jour, la lisant, reconnaisse ma faiblesse comme humaine.

Adieu,

Ton époux anéanti, le
Dr Arthur Pothier

*

À mes recherches en institution se sont greffées des recherches privées, puisque je désirais retracer la correspondance des Patriotes pour évaluer les sévices qui leur ont été infligés. Un cousin éloigné m'a contacté à la suite de mon appel au public pour me remettre des lettres qui, pensait-il, seraient de quelque intérêt pour mes travaux. Je vous prie de me contacter quand vous les aurez lues. Je dois trouver comment rendre justice à la mémoire de mon ancêtre.

Jean-Marc Pothier

Raton

ON SORT JAMAIS. On attend demain, peut-être qu'il fera plus chaud. Ça va être le printemps, c'est ce qu'a annoncé la blonde à la télé. Nancy prétend que c'est pas sa vraie couleur. J'ai dit que ce serait à son avantage de changer la sienne si ça lui permettait de prédire la température, mais Nancy a répondu qu'elles se trompent toujours parce qu'aucune porte sa vraie couleur. Ça fait qu'on reste en dedans.

C'est triste un hiver froid, mais c'est normal. Depuis que le petit est né, on est toujours à l'appartement, on a trouvé une nouvelle raison à notre vie. C'est un mystère, un bébé. Un jour y a pas d'enfant et tout à coup il est là, j'y comprends rien. Ça nous a placés dans le dilemme, soit qu'on continue d'aller à la taverne du Domaine tous les soirs ou qu'on reste en dedans pour le faire vivre. Le choix était facile, surtout qu'on peut boire à la maison. Et puis il fait tellement froid qu'on préfère rester ici de toute manière et le petit il aime ça, il rit quand je fais le singe et Nancy la pitre. On s'est dit que ce serait bientôt le moment de lui faire du manger solide parce qu'il passe son temps en boule à grignoter ses orteils, en roulant sur le dos d'un côté à l'autre. Nancy prétend que je peux pas dire qu'il se met les pieds dans la bouche parce que c'est une expression anglaise. Elle lui donne le sein et ça fonctionne, même que sa merde sent pas trop mauvais, un signe de santé, ils l'ont dit à la télé. Celle du bébé sent pas elle non plus, alors on peut étirer ça quelques semaines encore.

C'est moi le délégué au monde extérieur. Le petit est tellement vulnérable, il est collé sur sa mère en permanence, fait que c'est moi qui vas chercher toutes les choses qu'on a besoin qu'on n'a pas à l'appartement, la bière, les couches, les sardines, la loto, les biscuits, le désinfectant. Pour être certain de pas contaminer personne, je fais la procédure du vestibule. J'ai mis des crochets et j'entre jamais plus loin avec mon manteau et mes souliers, au cas où j'aurais pilé dans un étron pas congelé ou qu'un pigeon m'aurait visé l'épaule. Ça et toutes les autres maladies dégueulasses dont ils parlent, la C. difficile qui s'attaque aux faibles et aussi la grippe du cochon qu'ils ont importée du Mexique avec des clandestins. Ils ont dit qu'on avait déjà inventé un vaccin mais Nancy y croit pas, elle dit qu'un vaccin c'est fait avec des vaches et non des cochons. Donc j'irai pas au centre communautaire, en plus qu'avec les coupons aller-retour on sait pas si je serais rentré avant la noirceur. C'est tous des menteurs, que mon père me disait, comme il se l'est fait dire par son propre père, et lui par le sien, et ainsi de suite en remontant jusqu'au premier à être débarqué du bateau et qui s'était fait arrêter et fouetter dans la rue, pris dans une grosse planche trouée pour ses mains et sa tête, puisqu'un soldat l'avait accusé de fouille-moi quoi pour se disculper lui-même, alors imaginez comment on peut plus faire confiance à personne, un militaire, câline.

Mais ça dérange pas qu'ils soient tous des crosseurs ou des criminels parce que rien peut nous atteindre. Je ferme toujours le vestibule. Et aussi les châssis en été si y a trop de bruit mais de toute façon c'est pas le printemps avant demain. Le soir on descend le store dès qu'on allume en dedans, comme ça les gens peuvent pas nous espionner. L'autre fois en allant acheter les sardines un peu tard j'ai vu par la fenêtre des voisins parce qu'ils laissaient leurs rideaux ouverts, je me suis senti voyeur, ils écoutaient la télé et ça flashait bleu et blanc dans la pièce. Je me suis demandé s'ils pognaient les mêmes postes que nous et j'ai eu honte parce que des fois j'en profite, quand Nancy va nourrir le petit dans la chambre, pour regarder le nouveau poste qui fait jouer des émissions de maillots de bain où les filles se frenchent juste après l'heure du souper. Une fois Nancy m'a surpris et elle était fâchée, d'autant plus qu'elle prétend que c'est même pas pour vrai et qu'elles font ça rien que pour le cash, comme dans un rôle de gouine au cinéma. Ils appellent ça la réalité mais c'est des menteurs, la réalité ce serait bien trop plate à montrer, du monde devant la télé à la journée longue. N'empêche que ces émissions-là sont quand même utiles pour certaines choses, y a aussi des gars en shorts et Nancy ça la met contente. Quand on s'est connus avant de faire le petit on baisait sans arrêt, des vrais petits pains chauds. Ensuite ç'a ralenti un peu, mais les émissions nous aident, c'est plein de trucs sous-entendus, et puis le meilleur est à venir, le printemps ça excite les filles, mon père me disait.

Aux nouvelles, je suis content quand ils montrent la bourse, en particulier quand ça monte. Les flèches vertes sont toujours plus encourageantes que les rouges, surtout que le monsieur qui vient en parler après les tableaux de chiffres a l'humeur agencée à leur couleur. Vaut mieux pour lui que ce soit vert le plus possible, sinon il va mourir jeune. Ils en jasaient beaucoup l'an passé, les politiciens et plein d'autres spécialistes, des flèches qui avaient jamais été aussi rouges que depuis le crac causé par les années folles. Ils avaient pas très bonne mine. J'imagine qu'ils se sentent beaucoup mieux depuis qu'ils ont annoncé les nouveaux profits des banques. Des millions, c'est beau, c'est beaucoup, le monde peuvent s'acheter plein de nouvelles affaires. Avec juste un, Nancy et moi on aurait tout ce qu'il faut pour le petit jusqu'à la fin de ses jours, mais c'est inutile vu qu'on manque de rien avec nos dépôts mensuels. Nous on est pas si importants pour le pays, ça nous dérange pas de pas avoir trop de progrès. Nous, ça serait plutôt les flèches jaunes.

C'est vrai, on est bien. L'appartement contient tout ce que les appartements doivent contenir, une télé, un divan, un frigidaire, un lit, une table. Avec les oreilles de lapin on attrape les postes clairs comme de l'eau de roche, sauf Radio-Canada, qui est de toutes sortes de couleurs qui grichent, surtout quand un camion passe dans la rue à côté. Nancy dit que c'est parce qu'on est trop proches de l'édifice avec ses antennes et que le signal est super puissant étant donné qu'il faut qu'ils envoient le français le plus loin possible sinon ça cause du désordre. C'est pas grave vu qu'on a CBC sans interférence et que je peux regarder le hockey le samedi. Nancy, elle, elle aime beaucoup les soaps. Il y a l'histoire de cette famille vraiment tragique où tout le monde se déteste et meurt, c'est très enlevant, en plus que dedans il y a la petite blonde aux yeux bleus qui joue aussi dans une émission à l'autre poste mais pas à la même heure, je suis content. Depuis qu'on l'écoute chaque semaine, Nancy insiste pour qu'on change de marque de céréales. Je fais les commissions et je peux pas lui refuser ça, elle dit que celles qu'ils mangent dans le téléroman sont bien de chez nous, font partie d'un déjeuner équilibré et contiennent plein de vitamines aux noms difficiles qui finissent en -ines. D'ailleurs on sait pas pourquoi ils mangent jamais de sardines à la télé.

Le petit, il devient grand, de plus en plus. Maintenant, il fait pas juste nous regarder, il se tourne la tête de côté, ou par en dessous s'il est couché. Il en manque pas beaucoup pour qu'il commence à ramper et Nancy l'appelle Raton en prévision, ça nous fait rire. N'empêche qu'on va devoir s'adapter s'il se déplace. Faudrait pas qu'il se mette les corps morts dans la bouche ou qu'il éventre un sac de vidanges, fait que j'ai déjà acheté les barrières pour toutes les portes, plus une chaise haute et un parc au Rossy du Domaine. Quand elle a passé son test de grossesse, sur le coup ça nous a créé une grande inquiétude et j'ai pensé à papa qui me répétait que j'étais sa plus belle erreur mais quand même, et qu'il faut pas nécessairement suivre les traces de ses parents dans la vie. J'ai jamais voulu être livreur de nuit de toute manière, et Nancy son corps est vraiment fait pour les enfants alors la joie nous est revenue rapidement. Ç'a pas été si difficile non plus, la grossesse, on a même pas eu à attendre neuf mois, il était pressé de sortir, et très énervé une fois sorti. L'infirmière était bizarre, elle nous a dit Je pense que votre petit a le saf, mais moi tout de suite je lui ai répondu Hein, ben non, on a pas un petit saf, on a un petit crisse ! et Nancy m'a trouvé pas mal drôle. Il est toujours aussi énervé maintenant. Je trouve qu'il me ressemble pas tant que ça avec ses yeux un peu bridés, ses petites lèvres et ses narines par en avant, sa mâchoire un peu reculée et ses oreilles en chou-fleur, mais Nancy prétend que les visages changent beaucoup en vieillissant et que de toute façon il a mes yeux bruns et mes cheveux frisés.

Ils le disent à la télé et c'est vrai, c'est merveilleux, la vie, les enfants. Parfois, Nancy et Raton dorment et je rêve éveillé à côté d'eux, j'imagine que quelqu'un entre chez nous la nuit pour piquer notre télé, alors je les protège. Je prends un des bâtons qu'on met dans les châssis pour les barrer et je me cache dans le noir, dans un coin, j'ai l'avantage de connaître l'appartement alors que le voleur sait pas où il va et dès qu'il s'avance dans le cadre de porte, pour examiner la pièce en attendant que ses yeux s'habituent au noir, j'y défonce la tête. Avant d'avoir le petit, je me suis jamais senti aussi responsable d'un être humain. On rit des fois quand je dis à Nancy que c'est plutôt Raton ma douce moitié, mais quand on y pense c'est bien que trop vrai, et on se sent heureux de chacun avoir nos parties en lui. N'importe qui protégerait comme moi son enfant : un samouraï, un cow-boy, un ours, c'est l'ordre des choses. Nancy est pas d'accord vu que son père était du genre à tout lui défendre plutôt que de la défendre de tout, et qu'en plus dans notre téléroman le père est un beau trou de cul qui fait jamais rien pour les siens. Ça existe. Elle m'aime d'autant plus pour ça, je déjoue les mauvais exemples. Moi, je lui ai jamais donné de claques.

C'est vrai qu'on est chanceux, on n'a pas besoin de millions. Quand mon père est né, la télé existait pas et les pauvres de son époque en ont jamais eu même quand elle a été inventée, alors que nous on en a une belle grosse, toute grise et luisante, avec un écran plat en bonus. Même que son quartier à papa, c'était rien qu'un ramassis de cages à feu et de vidanges alors qu'aujourd'hui ils passent le balai mécanique deux fois par semaine dans toute la ville. Ils étaient tellement pauvres dans son coin que personne avait de frigo, juste des espèces de caissons gros comme des armoires à glace qu'un livreur venait remplir par la ruelle, et un jour chez son ami il s'était fait servir le spaghetti directement sur la table parce qu'ils manquaient d'assiettes.

Jamais je me rendrai jusque-là, je suis trop responsable. D'ailleurs, il l'a déjà son assiette, Raton, même s'il tète toujours sa mère, bleue, verte et rose avec un éléphant qui danse. Nancy a peur qu'il devienne fifi avec des conneries de même mais pas moi, ils l'ont dit qu'à son âge il reconnaît pas encore les personnages, il voit juste des formes et des couleurs, puis de toute façon les fifis c'est la faute des mauvais pères. Ça fait que c'est hors de danger. Mais on sait jamais, quand j'irai acheter les couches et la loto, je lui en trouverai une nouvelle, toute bleue.

Mon père en a eu un cousin fifi, mais c'était pas de nous, c'était à cause du mari de sa tante, une moumoune pas à peu près qui lisait des livres et qui enseignait des affaires niaiseuses et inutiles. Je m'en souviens, je l'ai rencontré quand j'étais enfant, il avait ri de mon père et je l'avais menacé de lui péter la gueule. Je serais fier qu'un jour mon Raton prenne ma défense comme ça. C'est pas tout de s'occuper des bébés, y a un moment où il faut s'occuper des parents aussi, c'est l'ordre des choses. S'il était pas parti aussi jeune mon père je l'aurais pris à l'appartement avec sa petite pension de vieillesse, on aurait fait un beau trio, Raton, lui et moi, une super lignée de vrais gars avec Nancy pour nous égayer. Je l'aurais jamais laissé dans un hospice avec la C. difficile et les infirmières qui font tout le temps des grèves, d'autant plus qu'ils ont des lits pourris pleins de plaies. Il aurait été bien dans notre forteresse, on aurait fait plein d'activités en famille. Nancy prétend que les bébés gardent les vieux en vie plus longtemps parce qu'ils se font un transfert de jeunesse. D'habitude je lui fais confiance mais là-dessus je suis pas sûr. Moi, mon grand-père est mort avant que je puisse m'en rappeler et elle on le sait même pas. Elle a sûrement pris ça à la télé, dans une des émissions d'enquêtes sur les morts-vivants. Moi quand Raton va être assez grand pour la regarder avec nous, je vais lui répéter de faire attention. Faut pas croire tout ce qu'on dit à la télé, dans les journaux, à l'école. Faut pas croire personne. Parce que dans le fond c'est des menteurs.

Le pont

UN GARÇON ASSIS dans la deuxième rangée accroche son coffre, dont le contenu se renverse par terre, dans un fracas de plastique et de métal. Les stylos et les crayons s'écrasent à ses pieds, une vieille efface roule jusqu'au fond de la classe, des trombones, une pincette noire et de la sciure de taille-crayon se répandent sous les bureaux de ses voisins. François interrompt sa leçon, enterré par le vacarme des cris et des applaudissements qui raillent le maladroit pendant qu'il récupère ses effets. L'élève joue le jeu en rigolant, insulte un ami, tape dans une main tendue au passage. Des coquelets en rut, la crête figée dans la gélatine, des victimes de la mode court-vêtues, quelques rejets lugubres et négligés, deux studieux qui auront quatre-vingt-treize pour cent dans son cours, qui ont probablement quatre-vingt-treize pour cent dans chacun de leurs cours et oublient tout dès qu'ils en ont la chance, de beaux soldats de plomb qu'on remonte à chaque rentrée. François se dit que ces deux-là feront d'exemplaires citoyens.

Quand l'ovation cesse et que le jeune homme revient à sa place, François reprend sa phrase où la chute du coffre à crayons l'a coupée. « Bon, disions-nous, vous avez lu le chapitre trois cette semaine. Vous allez me montrer ça ! Dans tes mots, Carl, comment ça fonctionne, le droit de quint ? » Pendant que Carl se démène pour se rappeler ce qu'il a lu sans regarder la grille récapitulative de la dernière page du chapitre trois, François hoche la tête, donne des indices, dessine au tableau. Avant, il se levait chaque matin pour eux. À sa première année, quelques semaines après la rentrée, il était arrivé en classe vêtu de son costume de militaire français du dix-huitième siècle, qu'il porte dans les reconstitutions. Plus tard dans l'année, il avait organisé des jeux de rôles avec le professeur d'art dramatique, inventé un système de cartes avec questions et réponses, transformé une ligne du temps en ensemble tridimensionnel de causalités où des éléments inattendus pouvaient surgir grâce à un jeu de dés. Des initiatives qui, depuis sa dépression, ne sont plus au programme. Les jeunes oublient vite, écrivent mal. Au cours d'une année scolaire, il y a peu de progrès malgré les efforts que François fournit. Et puis, il a un fils désormais, une bestiole potelée qui mérite bien que son papa se ménage. Tout de même, il s'efforce de ne pas faire comme le chnoque qui donnait le cours qu'il a lui-même reçu au secondaire, un homme qui sentait sa retraite arriver, dont François et ses amis riaient du nom bizarre. Queue de bois ! Il sortait des feuilles, les secouait, disait : « Prenez des feuilles mobiles. » Un jour, pour illustrer ses propos, il avait lancé : « Ça n'a pas été une Conquête en sable, mais une Conquête en glaise. » Ce sont les seuls souvenirs précis que François garde de son cours d'histoire. Le reste, c'était des filles indistinctes, un pupitre au fond du local, des murs jaunes.

Carl finit son intervention, les joues rouges. François récapitule et s'engage dans l'explication de l'intendance de Jean Talon, des conséquences de l'arrivée des filles du roi, de la prospection qui mènera à la création des forges du Saint-Maurice, des faits élémentaires que les élèves pourraient très bien chercher sur Internet, sans son aide. Il suit son manuel, mais son esprit louvoie et lui fait voir une famille démunie en guerre contre l'hiver, qui mange des épluchures et dont le père a donné son oreille gauche à une engelure. Il voit des Micmacs et des Canadiens indifférenciés dans leurs fourrures, les cheveux au milieu du dos, il voit un gentilhomme dans un salon de portraits, qui sent la vanille, qui boit du chocolat en se faisant sucer par son esclave abénaquise. Il voit du fretin en robe noire, terrifié par les démons qui surgissent des tréfonds infernaux du Nouveau Monde pendant que des cardinaux bagués d'or jouent du coude dans les palais, quelque part dans la civilisation. Il voit des enfants sauvages, de sang ou de mœurs, qui ont une haleine d'ail des bois ou de menthe, selon ce qu'ils ont trouvé durant leurs aventures.

Les élèves suivent leur manuel et voient des blocs de texte, des illustrations d'Indiens à plumes, des listes de dates dans des encadrés de couleur et, dans le coin de chaque page, un petit bonhomme cul-de-jatte qui porte un tricorne et parle en aphorismes. Certains prennent des notes, d'autres dessinent, le maladroit se retourne à chaque dix secondes pour échanger un bout de papier avec son voisin d'en arrière. François laisse vivre. Il a terminé son cours quatre minutes en avance. «OK, vous finissez le chapitre trois pour le prochain jour huit. Préparez-vous : en deuxième partie du cours, c'est le test! Quinze pour cent, c'est pas rien!» Il aurait envie d'ajouter : «En plus de votre lecture de la semaine, allez toucher à un arbre, sentez bien l'écorce sous la paume, ramassez une poignée de gravier près de ses racines. Prenez-en une bouchée.»

Les jeunes se lèvent dans le désordre, parlent fort, débarrassent la pièce avant que la cloche ne sonne. Comme il le fait à la fin de chaque cours, François ramasse en vitesse ses notes, ses livres, remplit sa serviette. Aujourd'hui, s'il se dépêche, il arrivera à la gare de Saint-Jérôme avant le train de 16 h 27. Quand les feux se synchronisent, sa marche ne dure que vingt minutes. Jean-Marc, le prof de physique de la cinquième, passe la tête dans le cadre de porte. «Embarque avec moi, je t'amène, la gare est sur mon chemin, à soir.» François le remercie. Il fait beau. Il préfère marcher.

Le temps qu'il descende au local des professeurs, prenne son manteau, salue les collègues qui traînent encore et sorte, les élèves ont disparu de l'intérieur de l'école. Il n'en reste qu'une douzaine dehors, qui attendent leurs parents au soleil, évachés dans le gazon. Des jeunes en patins, des 4 × 4, des quinquagénaires aux cheveux teints couleur henné encombrent les rues. Il fait chaud, l'automne refuse d'arriver. François tire son paquet de Gauloises de son sac. Les oiseaux piaillent, les enfants crient. Il longe les arrière-cours vertes, remarque une femme qui se fait griller en bikini, s'engage sur la Promenade de la rivière du Nord. C'est là qu'il vient manger son lunch quand il a une pause suffisamment longue entre deux périodes. Il s'assoit toujours sur le même banc, puis flâne au bord du cours d'eau en imaginant comment étaient les berges avant l'arrivée des Européens. Un lacis de branchages fous au soleil, trop d'outardes, quatre Atikamekw forts comme des ours, bronzés noirs autour du pagne à force de pagayer à temps plein. Et, juste pour lui, la plus belle, qui sent bon le cuir. Des choses telles qu'elles auraient pu être. François retraite vers la rue, trouve un téléphone public, demande à sa blonde s'il peut profiter du beau temps avant de rentrer.

Il revient sur la promenade de bois, s'accote au garde-fou. Sous lui, la rivière émet un clapotis apaisant ; les reliefs qui troublent la surface forment des visages, déforment le paysage, repoussent les reflets du soleil vers des remous qui les avalent, les recrachent un peu plus loin. C'est un tableau en perpétuelle réécriture. Souvent, François se demande si ses souvenirs s'adaptent à ce qu'il vit au fur et à mesure, à ce dont il a conscience. Peut-être, au fond, ne se rappelle-t-il certains détails qu'en fonction de ses interlocuteurs. Si l'oncle de Sophie vient boire un porto et qu'ils parlent de leurs histoires familiales, François ne lui raconte que ce qui compte à cet instant même, pour avoir l'air d'un vrai, d'un jeune père décontracté qui sait lever le coude quand c'est le moment d'avoir un peu de plaisir, mais reste capable de changer une couche en quarante secondes, zip zap, et le petit sourit encore même si papa est ivre en après-midi. Ses vieux amis connaissent bien des choses à son sujet. Il peut moins leur en passer. On s'en fout, ils ne peuvent rien me passer non plus, se dit-il. François se souvient de leurs parents, des grandes sœurs sur lesquelles il fantasmait, des premières ivresses dans les sous-sols, les garages. Il revoit ces copains tous les six mois, et parfois, avant de les rejoindre, il se demande s'ils n'ont que leur adolescence en commun. Mais ces retrouvailles sont toujours agréables, ne dérogent pas des rituels que leur amitié a instaurés. De tels liens ne s'éteignent pas sans raison. L'archiviste qu'on ne voit presque plus depuis qu'il se dit malade, l'écrivain de la gang qui n'a jamais rien écrit et dont on ne sait rien depuis qu'il a suivi sa blonde dans l'Ouest, le fils d'avocat devenu simpliste volontaire, casanier, rapailleur de cochonneries : ceux d'entre ses amis qui ont dévié ont toujours été mystérieux. A posteriori, ça lui paraît évident. Peut-être que les infinis détails de nos souvenirs sont là, en tout temps, en puissance, mais qu'ils ne se dévoilent qu'avec la maturité, avec l'expérience de vie, avec la somme de tout ce présent qui ne cesse, à chaque instant disparu, d'aller augmenter le passé.

Il faut être mûr pour rendre justice à la mémoire. Il existe peu de traces matérielles de l'enfance de François. Une demi-douzaine d'albums de photos carrées aux coins ronds, de fêtes de Noël, de piscines gonflables dans la cour, de gâteau plein le visage, scellées sous une pellicule qu'il faut décoller doucement au risque de la déchirer. Plusieurs images n'y sont plus, comme s'il avait fallu purger le passé. Surtout, il ne lui reste qu'une seule cassette VHS, qu'il garde dans sa bibliothèque, parmi les DVD. La séquence dure quinze minutes, elle montre une petite famille pendant les vacances d'été au cottage du grand-père. Le garçon de neuf ans est très énergique, il fait le clown pour la caméra, chasse les couleuvres, court dans le sous-bois. Il veut jouer au baseball, mais il est très mauvais perdant. Il a besoin de toute l'attention des autres, ne la reçoit pas, ce qui provoque une colère dangereuse : il tente de frapper sa sœur avec son bâton. Longtemps, François a revu ce vidéo en disant comme tout le monde, un peu honteux : « Maudit que j'étais donc pas facile à vivre. » Après trois ans de vie avec Sophie, une soirée d'ennui lui a fait ressortir la cassette.

— Tu vas voir, j'étais une vraie tornade ! Je sais pas comment mes parents ont fait pour m'endurer. C'est cette année-là qu'ils m'ont inscrit au soccer, pour me brûler bien comme faut. Paraît que je revenais des pratiques tellement claqué que des fois je me couchais sans souper.

Cette dernière écoute du vidéo a bien modifié le souvenir qu'il gardait de cette époque. Il comprend mieux les poses plastiques de mère courage que prend sa mère, le profil en contre-jour, inspirée par le féminisme anachronique des *Filles de Caleb*. Il perçoit, dans la démarche de son père, qui à un moment surgit du boisé une grosse O'Keefe à la main, toute sa tristesse, son besoin d'une échappatoire. Sur ce film, ils avaient l'âge que François a aujourd'hui. Des ti-culs. Le petit n'était pas en colère pour rien. Il y a longtemps maintenant que ses parents sont divorcés.

François s'allume une autre cigarette, avance lentement sur la promenade, se fait doubler à toute vitesse par un adolescent à vélo. À quoi servent toutes ses connaissances? Pourquoi a-t-il choisi de les transmettre? Il se souvient de ses lectures, des Sud-Américains qui aiment jouer des extrêmes. Après un accident de cheval, un personnage de Borges, Funes, a le soudain privilège d'une mémoire infaillible. Peu après, il meurt de s'être souvenu de tout. Le corps et l'esprit ne sont pas faits pour l'ubiquité, pour l'infini, pour le temps. Mais pour quoi sont-ils faits, dans ce cas? Ne vivent-ils que dans l'instant, gardant certaines traces avec lesquelles ils jonglent, plus ou moins joueurs selon les individus?

Cette résidence de campagne, pourtant le parfait lieu d'évasion pour le garçon qu'il était, a marqué François sous forme de cauchemar récurrent. Chaque fois que cette maison réapparaît dans ses rêves, François ressent la crainte qu'une voiture inconnue ne tourne dans l'entrée de gravier, entre les deux gros arbres. Chaque fois, la forêt autour a été rasée, et on a construit des semi-détachés dans la montagne. Ses grands-parents sont dans leur chambre, puis dans la cave, où traînent des clubs de golf rouillés et des raquettes sans babiche. Ce sont des fantômes putrescents et leurs silhouettes glissent, il ne faut pas les toucher. Chaque fois, la terre ne leur appartient plus. Chaque fois, la terre est envahie.

L'adolescent à vélo est arrivé au bout de la promenade. Est-ce un élève de François ? Ce qu'il a expérimenté durant les quarante secondes de son sprint sur la promenade, où l'on n'a pas le droit de rouler à vélo, il ne s'en souviendra pas. Le vent dans son visage, sur ses bras, l'oiseau en rase-mottes qui a tranché les rayons de soleil tout juste devant lui. La rigolade de la rivière. Il faudrait un choc pour éveiller ses sens, qu'il chute en rejoignant la rue Saint-Joseph et se fracture un poignet, et alors, dans dix ans, quand il se rappellerait son accident et combien tout cela s'était passé vite, il sentirait la chaleur de la lumière sur son visage et ses bras, il verrait un oiseau au ralenti, luttant dans la bourrasque entre les branches. Cette aventure entrerait dans son histoire, à sa place, dans l'ordre, à côté de tous les autres traumatismes.

François arrive à son tour au bout de la promenade. Le pont de la rue Saint-Joseph traverse une petite île qui se termine en parc triangulaire. Le soleil a baissé quand François s'y engage, vers la pointe où les flots se séparent, et il doit enfiler son manteau, qu'il gardait replié sur sa serviette de cuir usé. Il s'appuie sur le garde-fou de métal. Le tumulte l'étonne, il n'avait jamais remarqué que la rivière était si vive à cet endroit. François laisse le crépuscule assombrir le parc. Dans la pénombre, quelques lueurs mouvantes et le bruit blanc de la ville. Ce sont les nuits qu'il préfère, celles dont il faut profiter, longuement, cigarette après cigarette. Devant les volutes que forment les vagues, François joue le jeu du déjà-vu. Il y a les larmes d'un vieux pêcheur qui a perdu son fils impudent, emporté par le mascaret de la baie de Hangzhou, trois cents ans plus tôt. Il y a un peu de la pluie venue sauver de l'assèchement total le jardin d'une famille tchèque en 1952. Maintenant, c'est la gorgée qui s'insinuera dans les poumons du jeune Thomas, que sa mère aura laissé sans surveillance après-demain au bord du fleuve, à Rivière-du-Loup. Là, dans l'écume qui roule juste sous ses pieds, c'est la giclée de foutre que la petite Abénaquise a avalée dans le salon de portraits du gentilhomme.

François n'a pas songé à se suicider depuis plus d'un an. À toutes les fois qu'il en a ressenti l'envie, qu'il a échafaudé des stratégies, prévu des instruments, des positions, un endroit où déposer sa lettre, advenant qu'il eût réussi à préserver assez de lucidité dans son dernier délire pour l'écrire (vous me détesterez, vous détesterez la vie et vous aurez raison), la crainte de causer plus de mal aux autres qu'il n'en avait lui-même l'a arrêté. Il a écopé, et le temps a joué en sa faveur. À ses yeux, aujourd'hui, son salaire, son condo, sa femme et son enfant le récompensent d'avoir résisté à l'idée de se tuer. Tous les hommes dans la vingtaine pensent à la mort. C'est un rite initiatique. Il se dit que lui aussi, il est passé par là. L'épreuve est réussie. Mais la mort fortuite, la tragédie qui surprend ceux qui restent et leur fait maudire le sort, il l'espère encore un peu. Au bout du compte, pour le mort, qu'il s'agisse d'un suicide ou non, le résultat est le même. Il efface les douleurs.

François sait qu'il pourrait mourir maintenant, comme ça, même au cours de cette nuit calme, presque chaude, du début d'octobre. Une voiture le happe. Le train, au retour, déraille quelque part à Laval. Tout de même improbable. Il lui serait si facile d'enjamber le garde-fou, qui lui arrive au plexus. La chute n'est pas très périlleuse, quatre mètres tout au plus. On peut faire des acrobaties de cette hauteur. C'est sans danger. Le choc serait insignifiant. Si facile aussi, une fois dans les flots, de se laisser emporter doucement. Il battrait un peu des jambes et resterait à la surface pour profiter du manège. Puis, l'envie de toucher le fond le gagnerait. Et le poids de ses vêtements trempés, de ses membres engourdis, de ses caps d'acier le résigneraient. Il s'enfoncerait lentement, expirant jusqu'aux dernières bulles pour s'abîmer dans la vase. Puis, juste avant que sa gorge ne se contracte d'instinct sous l'effet de l'apnée et que ses pensées ne s'emballent, il aspirerait, de toutes ses forces.

Son corps une fois décomposé après des années, il retournerait aider les marées gigantesques de la baie d'Ungava, les déluges interminables des moussons d'Asie, les cyclones au large du Japon et les ruisseaux chantant dans les sous-bois des Cantons-de-l'Est. Il glisserait le long des hanches des plus jolies Tahitiennes tout juste nubiles, au même moment où il passerait d'une bouche à l'autre lors d'un premier baiser adolescent, sans fin, malhabile et emporté, quelque part dans les rousseurs d'Irlande.

François regarde tout autour. Ses yeux se troublent d'un film de larmes. La paume de sa main s'humecte d'une fine moiteur et, lorsqu'il porte sa cigarette à ses lèvres, la fumée lui grésille dans la gorge et le fait tousser. Une goutte de sueur se détache de son front. Il en suit la chute, lente, incommensurablement longue, jusqu'à ce qu'elle disparaisse dans un rouleau d'écume.

Ce serait le plus beau plongeon, le seul véritable saut de l'ange jamais tenté, qui le ferait redevenir lui-même, aqueux, amniotique, embrassé par le bercement d'une enveloppe liquide. Il étancherait les soifs du monde, d'eau comme d'amour.

Pendant qu'une partie de lui dormirait quelques centenaires dans l'inlandsis du Groenland et qu'une autre se reposerait dans une fosse abyssale de l'océan Indien, il irriguerait les récoltes dans les grandes prairies américaines, tomberait en violents orages dans le Grand Désert de Victoria pour faire éclore, lors d'une journée luxuriante, des millions de graines à demi desséchées, soufflées inlassablement par le vent, confondues avec le sable. Il se laisserait évaporer durant la sieste, après avoir perlé sur un verre de tequila et s'être répandu sur une table. Il éteindrait le feu allumé par un voyou dans une favela de Rio, désaltérerait des coureurs nez à nez dans les derniers kilomètres du marathon de Tunis, tomberait à verse sur la foule réunie malgré lui pour acclamer le nouveau président ouzbek. Il tâcherait d'être partout, s'écoulant majestueusement dans la Salto Angel, flottant dans les brumes mélancoliques de Londres, irisant des milliers d'arcs-en-ciel. Attendant des décennies, prisonnier dans l'outre égarée d'un chasseur mongol. Débordant des baignoires. Mouillant les pieds de randonneurs imprudents. Tombant en retard dans la bouche ouverte d'un plaisancier à la dérive au large des Açores, mort au bout de ses rations. Les grands bâtisseurs le harnacheraient dans le Nitassinan, après avoir soudoyé les Innus. On se battrait pour lui, brunâtre et contagieux, dans les déserts africains. Il croupirait dans les marais intoxiqués par les boues rouges d'Alcan, accueillerait les déjections d'une succession d'inconnus dans les chiottes des bas quartiers, serait filtré par les reins malades d'un alcoolique avant de parcourir des canalisations rouillées pour se faire chlorer dans une usine désuète. Il pendouillerait, dans une salive épaisse et fétide, aux lèvres d'un vieillard parqué dans le corridor d'un mouroir.

François recule, détachant sa main du garde-fou.

Immobile quelques instants, il remarque le tumulte des moutons qui roulent sous ses pieds. Des pneus crissent au loin. Il reprend sa marche en lançant son mégot. L'étincelle trace un arc dans la nuit et s'embarque pour l'Atlantique.

Effacer le tableau

SI CETTE ÉCHAPPÉE avait été mise en scène, on aurait salué le génie esthétique de Bernatchez et Lalonde, leur habileté à diriger des figurants dans les espaces que le hasard offre à l'interprétation, leur incomparable audace dans l'usage des accessoires.

L'ennui est qu'il ne s'agit pas d'une œuvre d'art éphémère, mais de la fuite chaotique de commandos tiraillés entre le désir d'abandonner et la fierté qui force à aller jusqu'au bout, antipodes qui, dans leur position, signifient la mort. Il ne leur reste plus qu'à choisir celle qui leur convient le plus, en lâche, en héros. Cela se résume à une affaire personnelle, un défi d'orgueil, de dignité, car de toute manière l'histoire fera d'eux des traîtres et des terroristes. Peut-être même s'efforcera-t-elle de les oublier, aidée d'une note à l'interne rédigée sur un papier de la couleur qui mène directement à la déchiqueteuse.

Non, ces hommes ne savourent pas les possibilités infinies d'une improvisation in situ, autour d'eux ne se trouvent pas des décors de carton, ils ne tiennent pas des fusils de plastique ni des reproductions numériques dans des cadres de styromousse. Dumas a bel et bien eu l'épaule défaite par un projectile, Dieudonné soutient de son mieux Minelli, qui geint comme on geint après avoir reçu une balle dans le tibia. Derrière suivent Pouliot et Sanchez, qui s'en sont sortis sans blessure et peuvent donc, l'arme en bandoulière, transporter chacun une toile aussi large que l'envergure de leurs bras. Lalonde dirige la colonne, scrutant sur son moniteur le plan des souterrains et des canalisations, et Bernatchez ferme la marche un peu en retrait, pour couvrir la fuite, leur crie-t-il, mais en réalité parce qu'il ne parvient plus à souffler tant sa plèvre fuit par un petit trou entre ses côtes, en faisant des bulles.

L'ultime offensive approchait, Lalonde s'en inquiétait dans les comptes-rendus qu'elle notait dans son journal : «Plus qu'une semaine, toujours vingt gars, ils sont fiables, ils n'ont plus rien à perdre, c'est certain, nous vaincrons.»

Depuis qu'ils se croyaient filés, et qu'ils redoutaient qu'on soupçonne les assemblées dans le réduit dérobé de leur sous-sol, Bernatchez et Lalonde changeaient chaque semaine l'endroit de la rencontre. Jusqu'à maintenant, le réseau fonctionnait sans erreur. Les estafettes relayaient l'information, tous arrivaient à l'heure et au lieu dits, le poids du passé sur les épaules, la paupière nerveuse et le pipi fréquent. Lalonde avait beau se rendre malade avec ses conjectures, elle tâchait de n'en rien montrer, demeurant ferme, mais magnanime, dans son rôle de bras droit. Si les gars avaient pu lire les doutes qui obscurcissaient son journal, peut-être y aurait-il eu mutinerie, ou encore défection générale, et ils en auraient été quittes pour se laisser voguer repus dans cette belle abondance qui, au fond, offrait des avantages incontestables depuis la Révolution tranquille. Même la Troisième Guerre mondiale n'avait rien changé à ce confort. Bien sûr, s'en étaient suivis quelques désagréments, comme la partition du territoire et l'afflux des réfugiés, événement qu'on enseignait depuis des générations sous le vocable «l'arrivée des Canaméricains», mais tout cela n'était que terminologie. La minorisation des francophones du Québec était achevée depuis longtemps et leur nouvelle identité de Québécois français bien assise dans les mœurs. Cela s'était passé sans trop de heurts, malgré quelques protestations que le nombre et l'indifférence avaient rendues impuissantes. Pourquoi se rebeller quand on a l'essentiel, du pain, du beurre, un pays en paix? Tant que les premiers ministres et quelques patrons connaissaient le français, il n'y avait pas grand-chose à réclamer.

Mais personne n'avait accès aux notes de Lalonde, pas même Bernatchez qui, dans son rôle de bras gauche, se voulait tout aussi péremptoire et juste qu'elle.

La dernière junte se déroulait au sous-sol d'une chapelle désaffectée du cimetière de l'Est, auquel on pouvait accéder sans difficulté en plusieurs endroits de sa clôture. Dans la noirceur, une vingtaine d'ombres avaient glissé vers le mausolée Poitras, qu'un tunnel de béton où couraient des tuyaux dégoulinants reliait à la chapelle. On s'éclairait aux bouts de chandelles et aux lampes de poche. Dumas trouvait à propos qu'une guérilla larvée tînt conseil parmi les cadavres. Voyant que l'atmosphère se détendait et profitant du plaisir que les gars avaient de se retrouver, il alla faire part de son jeu de mots à Bernatchez, qui le reçut avec un sourire, une tape dans le dos et quelques questions sur la santé de sa femme. Dumas appréciait son statut de sous-fifre de la cellule Blaireau, titre officieux qu'il détenait en vertu d'une longue amitié avec Bernatchez et Lalonde, mais aussi du rôle qu'il avait joué dans le Projet des Six, une quinzaine d'années plus tôt. Ce coup, qui pourtant avait causé bien peu de dommages, avait lancé le mouvement subreptice qui culminerait bientôt. Lalonde et Bernatchez mûrissaient les stratagèmes seuls, mais Dumas jouissait aux yeux des camarades d'une position d'adjoint, et les deux dirigeants faisaient parfois appel à lui, pour la forme, car ils réussissaient immanquablement à détourner ses idées vers les leurs, un compromis à la fois.

On n'attendait plus que Minelli, qu'on appelait le Frisé, pour commencer la réunion. Lalonde gardait comme d'habitude le port de tête aussi haut que le verbe, misant sur sa prestance de bras droit pour mener les discussions avec humour et répartie. Les gars

venaient à tour de rôle l'entretenir de leurs souffrances et de leurs espoirs, puis repartaient rassérénés,
prêts à abattre n'importe qui sur commande. Si elle
avait l'air imperturbable et savait choisir ses mots en
toute occasion, Lalonde ne souffrait pas moins d'un
inconvenant tremblement du talon qu'elle ne pouvait
atténuer qu'avec une rasade de bagosse de pain, que
Bernatchez et elle confectionnaient dans le réduit
dérobé de leur sous-sol, lequel devait bien désormais
servir à quelque chose. Les chances de survivre à cette
mission étaient négligeables. Il fallait tout de même
tirer quelque plaisir de sa fomentation.

Pour se préparer à son discours, Lalonde monta au
rez-de-chaussée, dans la sacristie, qu'on avait transformée
en armoire à balais où étaient remisées des chaudières
à moppes et des chiennes de concierges. Il n'y avait pas
grand-chose à ajouter que les gars ne connaissaient
déjà, peut-être une mise au point sur la coordination
des actions de chaque cellule ou sur le lieu de livraison
des armes. Si souvent elle avait pris la parole, et chaque
fois dans le secret, jamais dans la lumière comme elle
l'eût souhaité, sur un capot de camion, sur un énorme
balcon, ou mieux, sur une scène, avec un micro, des drapeaux, des vivats. Elle désirait, avant de s'exprimer une
dernière fois devant ses camarades, s'inspirer à nouveau
des livres qui ne la quittaient plus, un *Refus global* original, jaune, pourri, qui sentait le sous-sol et dont elle
ignorait comment il pouvait encore tenir en un morceau tant ses pages se désagrégeaient, et une réédition

commémorative d'*Au moins avant le XXIIe siècle*. Elle fut distraite de sa lecture par le brouhaha que causa l'arrivée du Frisé, lequel calait une gorgée à chaque goulot qu'on lui présentait. Lalonde descendit et prit place à l'avant sans que personne s'en rendît compte, sauf Dumas, qui se mit à chahuter en gesticulant de toute son importance. Les hommes se turent.

— Mes amis, mes frères de sang, d'armes et de rêves, je me répète, mais vous savez comme moi, comme Bernatchez, que c'est la dernière fois, car notre mission héroïque aura rendu les discours inutiles, les envolées lyriques retourneront à la littérature, les obus seront fondus pour qu'on en fasse des maisons et nous pourrons enfin nous consacrer à l'essentiel, cet essentiel qui nous est refusé depuis la tragédie du 13 septembre 1759, laquelle coûta la vie au courageux Montcalm et à combien d'autres après lui jusqu'à nous, j'ai nommé – et c'est d'ailleurs la seule raison d'être, la source de toute dignité, l'inextinguible étincelle qui permet à notre cœur de battre encore malgré la ténèbre que les siècles n'ont pu dissiper, cette étincelle qui grâce à nous deviendra une torche éblouissante –, j'ai nommé, dis-je, la liberté...

Durant le discours, les camarades s'exclamèrent à chaque virgule un peu longue sans pourtant rien y comprendre, sauf pour la seule quincaillerie qui leur importât réellement.

Même si les Québécois français ne représentaient plus la majorité absolue dans la province, leur groupe, plus populeux que chacun des autres, pouvait se réclamer d'un principe encore en usage malgré l'état de la démocratie : la majorité simple. Comme celle-ci se résorbait tranquillement à chaque génération, il fallait agir maintenant pour préserver une fois pour toutes ce qui s'érodait. «Le coup de pouce au destin», disait Bernatchez. «Le sursaut de conscience du mourant», pensait Lalonde.

Des commandos s'étaient formés dans chaque région où vivaient des Québécois français assez nombreux pour passer inaperçus, et ces groupes devaient chacun jouer leur rôle précis dans un assaut concerté. La cellule Tonnerre reprendrait le contrôle des centrales phagocytées lors de la fusion de la Newfoundland and Labrador Hydro et d'Hydro-Québec, monstre à deux têtes qui s'était finalement transformé en la North-Eastern Power Co. après l'expansion du Labrador à tout le Nord québécois. Des groupuscules affiliés à la cellule Tonnerre s'empareraient des postes de distribution. Le quartier général serait installé à l'Assemblée provinciale, où Francœur, appelé depuis le Projet des Six à devenir chef d'État après la révolution, piloterait les opérations par vidéoconférence. Des troupes moins nombreuses, mais disséminées sur tout le territoire, occuperaient les plus petits bâtiments fédéraux et provinciaux. La cellule Bas de laine prendrait la Bourse de Montréal. On sécuriserait la tour de contrôle de l'aéroport Trudeau. On infiltrerait les corps de police, la SQ, l'armée.

La cellule Blaireau avait son mandat elle aussi, «le plus important d'entre tous», comme Bernatchez et Lalonde ne cessaient de le répéter aux camarades, «car les bras, les jambes, la tête ne peuvent rien sans le sang qui y circule». Les deux s'étaient rencontrés dans les ruelles de Pointe-aux-Trembles, du temps où s'y ébattaient encore quelques poètes. Ils avaient déclamé, scratché et scrapé ô combien de vers dans des soirées tenues chez eux, et avaient même imprimé, sur une presse à plomb antique, un recueil à quatre mains, dont il restait, selon eux, une douzaine d'exemplaires chez quelques copains, ce que Dumas corroborait. Rien d'autre que les arts n'aurait pu les pousser à prendre les armes. Déjà, à l'époque de leurs mythiques exploits avec Francœur lors du Projet des Six, ils avaient décidé de donner leur vie pour le patrimoine artistique québécois-français. La vieille Bibliothèque nationale n'avait pas été reconstruite après l'incendie, la chanson n'avait plus besoin de support physique, les condos-théâtres étaient sans intérêt. Il ne restait qu'une avenue : la semaine prochaine, la cellule Blaireau défendrait le pavillon québécois au Musée des arts canadiens, en plein centre-ville de Montréal.

Se trouvaient là, selon Bernatchez et Lalonde, des pièces inestimables, certaines des plus anciennes de la nation, des morceaux choisis dans les collections des grands peintres, et aussi quelques œuvres audacieuses des créateurs du dernier siècle. Ils les préserveraient durant le plus fort de la révolution et orchestreraient ensuite leur déménagement vers Québec, en zone protégée. On entrerait en plein jour par les garages dans un routier aux armoiries du musée, feignant l'arrivage d'une exposition itinérante. On neutraliserait les agents de sécurité, on ne prendrait que des hommes en otage parmi les visiteurs. Tout accès au bâtiment serait mis en joue. Une sentinelle se posterait dans chacune des entrées, de manière à voir l'étendue d'au moins deux salles et à maintenir un contact visuel avec les autres. On informerait la troupe sur l'état de son secteur, chaque heure, par radio. Si la mission en venait à échouer, il faudrait emprunter l'escalier de secours de la salle Sun Circus Ltd, dont on avait découvert qu'il ne se trouvait sur aucun des plans de l'édifice et qui débouchait dans un local d'entretien du métro, quatre étages plus bas. La cellule Tonnerre coordonnerait alors une panne du réseau pour favoriser la fuite dans les voies secondaires. Francœur serait prévenu et enverrait une équipe de sauvetage.

Lalonde finit son discours dans une apothéose qu'elle était la seule à goûter. En raison de l'alcool, de la pénombre et des adjectifs, l'attention des camarades rasait le plancher. Une fois le climax consommé, ce fut le temps de souffler les chandelles, de rentrer, d'espérer que des agents de la GRC ne coinceraient personne durant la semaine. Ils se firent le salut révolutionnaire secret et ressortirent par le caveau, ivres et bruyants.

Minelli n'avait jamais eu un aussi bel uniforme. Celui qu'il portait comme gardien de sécurité à la Banque provinciale n'était pas si ajusté, ne comptait pas autant de poches et de sangles, et n'avait pas une ceinture aussi pourvue. Ce nouveau gréement avait bien quelques boutons-pression défectueux et des déchirures reprisées, mais le kaki en imposait.

Comme à chaque appel, les camarades étaient venus au point de rencontre sans attirer l'attention. On s'était donné rendez-vous dans les ruines des anciennes raffineries de Montréal-Est. Après la dessiccation du Moyen-Orient et le déménagement de tous les paliers de l'industrie dans le désert de l'Ouest canadien, les squelettes des raffineries montréalaises avaient rouillé pendant quelques décennies avant de se transformer en bidonville. On n'y mourait pas de faim cependant, une économie parallèle de bouts de tôles, de pneus crevés, de chair fraîche et de trafic de drogues artisanales y florissait, les criminels profitaient de son effervescence pour se cacher. Les tenues de combat étaient arrivées, avec les pistolets, les semi-automatiques et les bracelets radio à écran plat, dans deux camionnettes venues d'on ne savait où à l'est. Bernatchez soupçonnait que le fourniment avait été subtilisé à la base militaire du Bic, d'où le Canada avait dirigé son effort de guerre pour contribuer à la sécession de la Corse. L'équipement avait déjà servi, les militaires avaient signé et daté les étiquettes, et les mitraillettes, d'anciens modèles, dataient d'au moins un demi-siècle.

— Les gars, il faut remercier notre époque de nous équiper aussi bien. Avec quoi que le docteur Pothier et ses Patriotes se sont battus pour votre liberté? Des fourches pis des bâtons, ostie!

Ils prirent place dans le fourgon, qui s'engagea sur le boulevard Notre-Dame avant de rejoindre Sherbrooke.

Cordés dans le véhicule, les camarades se répétaient un à un les gestes qu'ils devraient poser. Dumas se tortillait, détachait et rattachait ses sangles de velcro, comptait ses munitions, supputant ce qu'il deviendrait advenant la mort d'un des deux chefs. Le Frisé racontait combien son grand-père aurait été fier de le voir, et Lalonde accueillait émue son histoire, le regard lointain, en hochant la tête, faisant oui, non, la moue très intense, en serrant le bras de son interlocuteur. Elle sortit son flacon de robine.

Bernatchez, au bout du camion, scandait les meilleurs de ses vieux poèmes à ses voisins. Ils étaient tout ouïe et dodelinaient, certains en raison des rimes, pauvres en majorité, d'autres en raison des cahots de la route. Dieudonné était assis, le dos à la porte coulissante. Bernatchez considérait son stoïcisme comme la preuve d'une écoute attentive. Les gars réagissaient un peu puérilement à son goût, en levant le pistolet avec un gloussement à chaque mot un peu vulgaire, ou en acclamant les chutes – déshonorant son œuvre, en fait. Selon Bernatchez, la poésie, un défi au sens, devait choquer. Dieudonné restait immobile, colosse mal fagoté aux genoux ramenés sur le torse, au corps trop grand et trop musclé pour son uniforme, aux yeux ronds comme des dix piasses, serrant les mâchoires aussi fort que sa mitraillette. Bernatchez sentait que ses mots l'atteignaient au cœur un à la fois, comme si, enfin, quelqu'un qui en valait la peine recevait à leur juste valeur l'intelligence qu'il avait déployée à les écrire et la ferveur qu'il mettait à les réciter. Mais Dieudonné s'en foutait, il n'entendait rien. Il avait perdu un fils dans l'année, s'était cassé un poignet en bûchant dans un mur après les funérailles, sa blonde était disparue, partie faire son deuil quelque part. Tout ce qu'il voulait, c'était abattre quelqu'un, n'importe qui, lui tirer dans le dos, dans la face, dans les gosses, moins pour défendre un pays que pour se venger du destin, ou du hasard, il n'avait pas encore décidé. La révolte lui avait donné sa chance et son arme bien plus facilement que l'armée canadienne ne l'eût fait, avec ses examens, ses implants et son serment du test. Quant à lui, le pays n'existait plus, et comme il ne connaissait de la poésie que le givre, il fut le premier à entendre le timbre répété du camion qui reculait, signal qu'on arrivait dans le garage du musée et, quand on ouvrit la porte coulissante, il fut le plus énergique à surgir du fourgon parmi les « Aweille ! Aweille ! Go ! Go ! Aweille ! », à assommer les trois techniciens qui s'amenaient avec leurs gants blancs pour décharger les œuvres qu'ils pensaient découvrir, à subjuguer les deux préposés dans la salle des caméras attenante aux garages et à défoncer d'un coup de crosse, en hurlant, la mâchoire d'un premier garde de sécurité qui n'eut pas le temps de poser la main sur son walkie-talkie et se retrouva inconscient par terre.

Les tireurs avaient mis tous les accès en joue. On profitait d'une accalmie pour manger des saucissons et descendre quelques gorgées de bagosse dans la salle O'Brien-El

Gahmed, où Bernatchez et Lalonde avaient établi le quartier général. La coordination des assauts semblait avoir fonctionné tel que prévu. La cellule Tonnerre avait coupé le courant à toute la région de l'Outaouais et multipliait les pannes aléatoires, menaces pour certains, appels à la rébellion pour d'autres. Francœur apparaissait régulièrement sur les écrans de Lalonde et de Bernatchez, décrivant l'avancée de la ligne de front, dans la vieille ville, à la porte Saint-Jean, devant l'Assemblée provinciale, dans ses corridors. Son dernier message le montra sur le trône du président de l'Assemblée, une coulisse de sang suivant l'arcade sourcilière, les lèvres serrées, les yeux rieurs. Assis dans un coin, une douzaine d'otages filaient doux, depuis que l'un d'eux s'était surestimé en essayant de stupéfaire Minelli et de dérober le Colt à sa ceinture. Dieudonné l'avait corrigé de cinq balles au thorax.

Meilleures les unes que les autres, les nouvelles arrivaient aux quinze minutes par radioconférence, adoucissant d'autant l'atmosphère. Les révolutionnaires avaient toute raison de croire à la réussite du coup d'État : l'escouade Rédhibitoire – formée de cadets et d'anciens militaires – avait surpris la base militaire de Saint-Jean ; les centrales du Nord n'alimentaient plus que les secteurs névralgiques où éclatait la révolution ; cette insurrection non appréhendée prenait de court Ottawa, à tel point qu'on ne parvenait à coordonner aucune réplique. Chaque fort que les Québécois français avaient assailli serait défendu dans des escarmouches disséminées. La multiplication des fronts affaiblirait les contre-révolutionnaires.

Lalonde, dont les doutes commençaient à disparaître, s'égara dans une nouvelle tirade. Le modeste banc sur lequel elle se tenait au centre de la pièce valait la plus somptueuse des tribunes. Le quartier général n'avait pas été installé par hasard dans la salle O'Brien-El Gahmed : Lalonde avait prévu s'adresser à ses camarades devant *L'étoile noire* de Borduas. Un épilogue concédant leur défaite aurait gagné en gravité devant le grand tableau. Sa harangue n'en fut que plus enthousiaste. Les masses sales tendant vers les hauteurs dans un contraste cru de noir et de blanc, le spectre triangulaire suggéré par les formes décalées, convergeant vers une impossibilité, une antimatière, un néant à l'attraction pourtant incoercible, tout cela ne pouvait qu'être l'allégorie d'un renversement, ni plus ni moins, d'une révolution, et Lalonde voulait que cette image s'imprime dans l'esprit de ses camarades. Il y avait dans la salle d'autres toiles importantes, encore des Borduas, des Ferron, des Riopelle, des Gauvreau, des Barbeau. Un peu plus loin, elle apercevait un portrait de Leduc, un désordre de Pellan, un sous-bois de Suzor-Côté, un coq de Dallaire, une figure sans bouche de Lemieux, une bicoque de Fortin et, au bout d'un tapis rouge, de Vaillancourt, une cuvette de toilette d'où sortaient des clubs de golf. Bernatchez souriait en serrant Lalonde par les épaules, trouvant toutes ces œuvres bien poétiques.

Les hommes retournèrent à leur poste après avoir mangé et les heures s'écoulèrent sans que rien trouble le musée. Tous respectaient le plan, annonçant à la radio, chaque heure, à tour de rôle, qu'il n'y avait rien à signaler. Ils se tinrent droits au début, comme toute sentinelle doit le faire, mais la fatigue finit par les appesantir et, comme il ne se passait rien, certains s'accroupirent.

Minelli était posté entre les salles Bouchard-Desmarais et Bowater-Nguyen Industries. Le Frisé partageait la surveillance de cette dernière avec Dieudonné et le jalousait, lui qui gardait de l'autre côté une pièce aux œuvres modernes, remplie de projections holographiques dynamiques, de corps plastinés qui se mouvaient dans des cages de verre, de masses biogénétiques translucides. Dans leur salle commune, hormis tous ces tableaux, il n'y avait qu'un banc de bois au centre, et le corps de l'homme qui avait eu l'audace de le confronter à leur arrivée. À côté de lui, un garçon assis à une table, jouant de l'harmonica devant une miche de pain. Plus loin, un visage, vert de croûtes de peinture grossièrement appliquées pour créer des ombres. Encore plus loin, un rectangle brun d'un mètre et demi de côté. Aux yeux du Frisé, ces peintures ne valaient pas grand-chose, le prix des tubes, peut-être, mais si l'homme s'était sacrifié pour elles, pensait-il, Lalonde devait avoir elle aussi ses raisons. Minelli se dit qu'il fallait garder sa concentration. Le colosse, assis en face, les pantalons remontant à mi-mollet, mangeait une pomme à l'aide d'un couteau. Ils se regardèrent, échangèrent le salut révolutionnaire secret.

La salle Bouchard-Desmarais débordait quant à elle d'objets hétéroclites accrochés aux murs. Des briques partout, des amoncellements de rebuts dans les coins, une marionnette étranglée par ses propres fils. Au centre de la salle se trouvait une énorme sculpture montant jusqu'au plafond, une sorte de totem à trois branches d'où jaillissaient des seins et des phallus de plastique, où s'encastrait un chariot d'épicerie à moitié momifié par des rouleaux de papier hygiénique. Si Minelli n'avait eu qu'à endurer la laideur de la chose, ç'aurait été au pire un désagrément bénin, au mieux une nouvelle source d'indifférence, mais la structure obstruait tout un pan de mur, incluant l'intersection qu'occupait en principe Dumas. Pour maintenir le contact visuel avec lui, le Frisé devait quitter son poste et s'avancer dans la pièce, perdant du même coup Dieudonné de vue. Malgré l'angoisse que cela lui occasionnait, il détermina qu'il pouvait se déplacer à toutes les quinze minutes, sauf aux changements d'heures, où Dumas confirmait sa présence par radio. Avec des mouvements de main compliqués, il en informa Dieudonné, qui acquiesça du menton.

Il s'habitua à sa vigie, qui devint vite monotone. Outre le cadavre qui devenait de plus en plus livide, il n'y avait rien de remarquable dans les salles sous sa surveillance. Les messages radio grésillaient dans l'écho des pièces vides, seules preuves du temps qui passait. Après la collation, le Frisé avait compté les interventions afin d'avoir une idée de l'heure, mais il avait perdu le fil. Toujours rien à signaler, pensait-il, c'est la révolution la plus aisée de l'histoire. Bien entendu, il encourait quelques inconvénients : il retenait depuis un certain temps une envie de pisser qui empirait et, surtout, son haleine l'écœurait. Il sentait ses dents huileuses sous la langue et les goûts mélangés du saucisson à l'ail et de la robine.

Il s'avança dans la salle Bouchard-Desmarais en s'écartant de la sculpture et fit le salut révolutionnaire secret à Dumas, se disant qu'il pourrait pisser dans un des seaux qui composaient l'installation dans l'encoignure de la salle, une empilade de contenants de toutes sortes placés devant une énorme affiche où on lisait « Amour ». Il décida d'attendre la pause ; au pire, il demanderait par radio qu'on vienne le relever. Par contre, il aurait aimé régler son problème d'haleine tout de suite. Peut-être que Dieudonné cachait une autre pomme ? Il pourrait simplement la lui lancer d'un bout à l'autre de la pièce.

Minelli revint à son poste. Il ne put repérer le colosse, qui ne se trouvait pas là où il devait être. Il fit un pas vers le cadavre, recula, retourna dans l'autre salle pour informer Dumas de cette absence inattendue, recula de nouveau. Si Dieudonné n'était plus en position, quelque chose devait l'avoir poussé vers l'entrée de la seconde pièce qu'il supervisait. La mission était menacée. Il approcha son bracelet radio de son visage pour contacter Lalonde et Bernatchez au sujet de la disparition de Dieudonné.

Dans un « clac » qui se réverbéra dans la pièce vide, les puissants spots du plafond s'éteignirent et des ampoules de secours rouges s'allumèrent à distances régulières sur les murs. Personne n'osa bouger et ce fut silencieux un instant. Les premiers coups de feu retentirent, étouffés, provenant de la direction où Dieudonné était disparu, et alors des cris s'élevèrent de partout. Le Frisé enfila le masque à gaz accroché à sa ceinture. Dumas se précipita vers lui en gueulant «Aweille! Aweille! Lalou! Bernie! Câlisse!» tout en essayant de se dépêtrer de la sangle de sa mitraillette. Minelli le suivit dans la pénombre. Ils couraient vers la salle O'Brien-El Gahmed, au bout du dédale des salles d'exposition.

D'autres membres du commando arrivaient derrière eux et ils formèrent bientôt de petits groupes de quatre ou cinq. Le vacarme des tirs s'intensifiait, et Minelli crut une seconde qu'ils parviendraient à réprimer une attaque si elle n'était menée que sur un seul front, mais des combattants ennemis surgirent des sorties de secours, des lacrymogènes éclatèrent à ses pieds, et il se retrouva dans des feux croisés. Dans une salle éloignée qui donnait sur la rue, d'autres soldats fracassèrent le dôme vitré et se laissèrent descendre au bout d'un câble. Une balle atteignit l'un d'eux dès qu'il se déharnacha et les convulsions que provoqua sa douleur contractèrent aléatoirement tous ses muscles, y compris ceux de son index : une rafale de semi-automatique cribla le mur en face sur toute sa largeur, lacérant tout ce qui s'y trouvait, toiles, sculptures, poteries, installations.

Dans leur retraite vers le quartier général, les révolutionnaires n'économisaient pas les munitions. Des cadres de bois explosaient en copeaux, des structures s'effondraient, des tableaux se détachaient et étaient piétinés de lourdes bottes à caps d'acier. Les lacrymogènes faisaient tousser et pleurer Dumas malgré son masque, il ne voyait plus avec qui il luttait dans les reflets rouges et les cris. Son rival était plus grand que lui d'un pied et, tout en lui faisant une clé, il lui tira dans l'épaule à bout portant. La décharge fit reculer Dumas. Il dégaina son couteau de son bras valide et bondit en hurlant pour l'enfoncer jusqu'à la garde dans la poitrine de son adversaire, qui le repoussa d'un dernier réflexe avant de s'affaisser. Dumas s'écrasa au mur et sa lame sanglante éventra une toile représentant un immense orme au pied d'une rivière, un après-midi d'orage.

Minelli n'avait pas réussi à tenir le compte de tous ceux qu'il avait descendus. Il avait acquis sa seule expérience de tir avec des jeux de guerre holographiques, et voyant ses cibles tomber si facilement dans la réalité, il pensa que son grand-père avait eu tort de lui répéter toute son enfance qu'il perdait son temps avec ces niaiseries. Dumas s'accroupit à ses côtés, le bras gauche inerte. Ils défendirent ensemble l'ouverture qu'ils venaient de franchir, d'où n'arrivait plus beaucoup de monde. Ils avaient atteint la salle Sun Circus Ltd, attenante à la O'Brien-El Gahmed, dans laquelle Dieudonné tirait à répétition, embusqué derrière une truie en fonte.

Un dernier contre-révolutionnaire tenta une incursion par l'autre porte. Le Frisé visa à la tête, qui explosa comme un geyser sur un Riopelle. Le bras raide, Dumas, qui commençait à râler un peu, vit devant lui une sortie de secours, sans doute celle qui menait au niveau du métro. Il fallait déguerpir. Minelli s'approcha du colosse, qui continuait d'arroser les ennemis en face. Dans la salle O'Brien-El Gahmed, ce n'était pas jojo. Les corps des prisonniers gisaient épars, criblés de projectiles cinquantenaires ou flambant neufs, indistinctement. Lalonde, Bernatchez, Sanchez et Pouliot se cachaient derrière une armoire Nouvelle-France qui s'était renversée et sur laquelle ils avaient empilé tous les petits objets qu'ils avaient trouvés dans la pièce – des morceaux de sculptures, des peintures défoncées, des vases de métal, qui volaient comme des canards dans un stand de tir. Ils recevaient des giclées de l'autre salle et peinaient à répondre. *L'étoile noire,* accrochée au mur derrière eux, était déchiquetée. Son cadre avait éclaté et des lambeaux de toile pendouillaient comme des draps souillés de boue. Bernatchez était touché, une tache grandissante noircissait sa chemise. Le Frisé alla les chercher un à un, protégé par les salves de couverture de Dieudonné. Dumas et Bernatchez s'engagèrent dans l'escalier de secours. Sur le pas de la porte, hurlant et faisant des moulinets, Lalonde attendait Minelli et le colosse, qui reculaient en maintenant la couverture. Sanchez cria à Lalonde :

— Les peintures, crisse, qu'est-ce qu'on fait ? On est venus pour ça !

— OK, aweille, pognez-en, on les ramène à Québec !

Sanchez et Pouliot en décrochèrent chacun une en bon état, aussi grande que leurs bras le leur permettaient, et s'engouffrèrent dans l'issue, suivis par Lalonde et Bernatchez. Juste au moment où Dieudonné cessait de canarder l'ennemi pour sortir à son tour, le Frisé reçut une balle dans la jambe et vida sa vessie. Dieudonné le releva, ils claquèrent la porte et les sept révolutionnaires restants commencèrent leur descente désordonnée, tenant à bout de bras des toiles presque trop larges pour les virages sur les paliers, se soutenant bras dessus bras dessous, clopinant, grimaçant, syntonisant sur les écrans tactiles des canaux qu'ils espéraient encore fonctionnels.

Ils purent descendre deux étages avant que la porte ne soit rouverte violemment en haut des marches. Bernatchez était dernier dans la file et faisait feu vers le haut sans viser. Un détachement les filait à bonne distance en lâchant lui aussi des salves occasionnelles qui résonnaient sur les rampes de métal et ricochaient sur le béton. Ils atteignirent le vestiaire des concierges. Pendant que Lalonde et Dieudonné bloquaient l'accès avec une rangée de casiers et un bureau, Dumas s'affaissa en se tenant l'épaule, le Frisé s'accota le dos au mur en position du flamant, Sanchez et Pouliot, encombrés de leur peinture et angoissés par cet encombrement qui les ralentissait, hurlèrent des indications à Bernatchez qui tentait d'ouvrir la porte donnant sur le quai du métro. Le colosse, qui zigzaguait dans l'effervescence avec un calme étonnant, repoussa tout le monde et fit sauter les gonds.

Lalonde prit la tête et ils la suivirent sur le quai, où il n'y avait personne étant donné l'état de siège. Dans l'obscurité, de faibles lueurs descendaient jusqu'à eux d'une lointaine baie vitrée, et des lumignons de secours pointillaient le tunnel. Que la cellule Tonnerre eut causé cette panne, Lalonde ne pouvait l'affirmer, elle qui ne recevait plus le signal qu'envoyait Francœur de Québec. Allait-elle admettre la défaite ? Non, la communication devait être coupée en raison de leur profondeur dans le souterrain. Lalonde devait le présumer, l'espérer. Elle parvint à retrouver dans ses fichiers le plan des voies du métro. Une branche secondaire bifurquait du tunnel principal à cent mètres de là et, s'ils s'y enfonçaient, avec un peu de chance, ils pourraient se cacher pendant quelque temps, attendre des renforts. Ce n'était pas un bon plan. Il n'y en avait pas d'autre.

Bernatchez aida ses compagnons à descendre, et la colonne claudicante s'engagea sur les rails. À Lalonde, qui lui gueulait de se grouiller le cul, il répondit en se tenant les côtes qu'ils ne pourraient avancer sans quelqu'un qui protégerait les arrières. Il ajouta :

— Tu veux-tu sauver tes peintures ou non ? Allez-y ! Let's go ! Allez-y ! On sauve pas un pays avec des rimes, simonaque !

Il cracha un mollard sanglant sur le quai, hulula comme un Apache et se mit à mitrailler en spirales au moment où les premiers soldats surgissaient du vestiaire. Dumas suivait Lalonde de si près qu'il lui accrochait les bottes, tout en émettant de fluets «Bernie… Bernie…». Les déflagrations résonnaient dans le tunnel, vacarme qui prouvait que Bernatchez faisait le boulot, mais le colosse savait qu'il ne tiendrait pas longtemps. Il força les blessés à se soutenir et revint sur ses pas, vers l'arche, pour aider Bernatchez à couvrir leur fuite.

Lalonde continuait de guider la colonne, concentrée sur son moniteur, les deux éclopés se nuisaient plus qu'ils ne s'entraidaient, Sanchez faiblissait et tressaillait des épaules. Pouliot encourageait tout le monde en queue de peloton. Ils s'éloignaient bel et bien du feu nourri quand une balle perdue l'atteignit au cou. Il s'effondra, déchirant la toile qu'il transportait. Sanchez se pétrifia et voulut revenir pour voir son ami mourir.

— Laisse faire, on va protéger la tienne! Viens-t'en, passe en avant, déguédine! lui cria Lalonde.

Ils rejoignirent la voie secondaire, s'y engagèrent. La pétarade s'affaiblit, les tirs s'espacèrent, ils s'enfoncèrent plus avant dans le souterrain, sondant les murs pour y trouver un conduit, un sas, une crevasse, n'importe quelle issue. Au bout du convoi, les rails arrêtaient et, derrière eux, ils ne voyaient que l'aura d'un bout de tunnel à une cinquantaine de mètres. Lalonde sonda la paroi à l'aide de sa lampe de poche. Elle vit une alcôve à droite, une porte marquée d'un éclair, une échelle de métal qui montait le long du mur et disparaissait dans un trou sombre au plafond.

Pendant que les deux estropiés s'écrasaient dans la cavité, Lalonde tenta d'ouvrir la porte, sans succès. Elle grimpa dans l'échelle, mais une grille bloquait l'ouverture. Elle s'assit à côté de Dumas, chercha les ondes sur son récepteur. Pas de signal. Sanchez se tenait debout devant ses trois compagnons, n'osant déposer la toile dans la poussière et l'humidité. «Heille, Lalonde, ça tire pus…» La chef se redressa, prit une arme. Au bout de quelques secondes, un faisceau balaya l'entrée de la voie secondaire et Dieudonné s'annonça. Lalonde illumina le visage qui s'avançait.

— C'est bon, on est corrects pour un bout, on leur a fait avaler du plomb, les crisses.

— Bernatchez?

Dieudonné fit non de la tête. Tout le monde regarda le plancher.

Dumas et le Frisé couinaient de plus en plus. Lalonde et Dieudonné tâchèrent de leur mieux de panser leurs blessures. Sanchez, épuisé, avait appuyé la peinture au fond de l'alcôve. On mangea le restant du saucisson, qu'on arrosa de bagosse. Lalonde grimpa à nouveau à l'échelle. Elle perçut un rond de lumière tout en haut du conduit. Ils vaincraient, c'était certain. Levant son bras vers la grille, elle chercha encore les ondes. Elle voulait voir la face de Francœur sur son trône, elle voulait lui dire que tout n'était pas perdu, qu'ils l'auraient, leur pays.

Minelli et Dumas ne gémissaient plus. Le colosse faisait l'inventaire des armes et des munitions qui leur restaient. Lalonde regarda Sanchez. « Es-tu fier, camarade? Imagine! Tu vas être ministre de la Culture, je t'en passe un papier. » Sanchez souriait, ne sachant que répondre. Dieudonné se releva, les trois compatriotes s'approchèrent de la toile et l'éclairèrent de leurs lampes de poche. Deux superbes femmes nues s'épongeaient, sur le bord d'une rivière, offertes aux regards, au soleil, aux fantasmes. L'eau était sautillante, une tache de feuillus en retrait égayait la scène, semblait amoindrir la canicule qui les avait convaincues d'aller se rafraîchir.

Lalonde s'étouffa puis s'agenouilla, le visage entre les mains.

— Quoi ? dit Dumas. Qu'est-ce qu'y a ?

Deux nouveaux détachements de militaires s'étaient engagés à chaque extrémité du tunnel principal. Après quelques minutes, n'ayant rien trouvé, ils s'apprêtaient à quitter le métro pour remonter quand retentit, quelque part dans le souterrain, un cri qui résonna longtemps dans les profondeurs, un signe qu'ils n'eussent pas osé demander à la Providence :

— Un Holgate, tabarnac !

L'appel

ASSISE près de son mari dans le train qui les éloignait de chez eux, Rose-Aimée doutait qu'on puisse aussi aisément fuir le malheur. La misère qu'ils laissaient derrière, dans les sillons épuisés de la terre paternelle, pouvait bien les attendre plus noire encore au fond des bois. Secouée par le convoi, elle regardait défiler champs, boisés et rivières en se demandant ce qu'il en était du Diable si Dieu était bel et bien partout.

Baptiste refusait d'aller tisser du coton dans les usines de Nouvelle-Angleterre. Pourquoi aller se noircir de cambouis quand le Nord, vaste et lumineux, s'offrait tout entier à la colonisation? Un Nord vierge, qu'on transformerait en éden d'abondance. Ce n'était ni un choix ni un sacrifice : son destin suivait son cours, sa foi le résignait au bonheur. Déjà le printemps réveillait la nature en cette fin d'avril. Baptiste y voyait le signe d'un bel été à venir. Rose-Aimée espérait malgré ses craintes qu'une telle avancée vers l'inconnu leur apporterait la paix. Le quotidien avait été difficile dans les dernières années ; peut-être s'allégerait-il un peu. Il y avait bien quelque beauté dans ce qu'elle voyait par la fenêtre. Une fumée pâle montant d'une cheminée, une silhouette d'adolescent qui pêchait sur un pont de bois, une envolée qui dégageait soudain des branches encore libres de feuillage, tout cela avait une teinte familière. Elle suivait des yeux jusqu'à s'étourdir les herbes les plus près de la voie ferrée, qui disparaissaient si vite qu'elle devait, pour éviter les haut-le-cœur, regarder plus loin les maisons lentes et les forêts immobiles. Lorsqu'ils débarquèrent à Hull et trouvèrent la population en panique, elle crut pour la première fois à la fatalité.

On éteignait, dans le désespoir et l'épuisement, les braises d'un immense incendie qui avait rasé la moitié de la ville. Quelques arbres calcinés se tenaient encore debout au milieu d'amoncellements de briques. Dans les décombres se dressaient çà et là des façades dont les fenêtres béaient sur le ciel. Des hommes en camisoles souillées cherchaient, parmi les débris, des objets que l'enfer aurait laissés intacts, des familles entières erraient dans les rues jonchées de poutrelles roussies et de verre brisé. On s'enquérait des absents. On égrenait des chapelets les pieds dans la boue.

Selon les témoins, les éléments s'étaient animés pour répandre volontairement la destruction. Le feu avait avancé en rampant sur les bardeaux des toitures, en sautant d'un arbre à l'autre pour traverser les rues.

Alimenté par le vent qui s'était levé exprès, il avait avalé le pont pour aller gruger un quartier d'Ottawa, de l'autre côté de la rivière. Plusieurs attribuèrent au Diable l'avidité des flammes. Un ferblantier qui avait tout perdu clama que le brasier était le fait d'un homme étrange, d'un autre monde, apparu et disparu plusieurs fois autour de son atelier maintenant détruit. Le curé évoqua plutôt la colère divine, insinuant en chaire que beaucoup de jeunes gens, cette année, n'avaient pas respecté le carême.

Le couple fut happé par le ressac de la tragédie. Durant les semaines qui suivirent, il fallut nettoyer la ville et amorcer sa reconstruction. Les Sœurs grises étaient à bout de charité. Leur couvent avait disparu et elles peinaient à aider tous ces gens jetés soudain dans un si grand dénuement. Comme presque toutes les femmes, Rose-Aimée se joignit aux religieuses pour nourrir la communauté et s'occuper des enfants, puis s'improvisa ménagère à l'hôpital, où on accueillait en plus des malades un afflux de vieillards dépossédés. On s'entassait à trois ou quatre familles dans les maisons épargnées, et Rose-Aimée partageait, avec son mari, une chambre déjà encombrée d'un autre couple. La jeune femme s'épuisa vite dans cette promiscuité.

Baptiste profita tout de suite de la corvée. Alors que les sans-logis s'échinaient à dégager les décombres, il s'engagea à la Hull Lumber Company. Puisqu'il fallait rebâtir une ville entière, on avait besoin de beaucoup d'hommes et de bois pour faire tourner la scierie. Malgré l'ampleur du drame, Baptiste voyait en cette catastrophe une bénédiction. Il avait prévu s'arrêter à Hull pour gagner de l'argent avant de continuer vers le Témiscamingue. Trouver si rapidement de l'emploi surpassait toutes ses espérances. En travaillant sans relâche jusqu'à la Saint-Jean, il économisa suffisamment pour acheter un lot, du bétail et quelques pièces de mobilier. Lorsqu'ils repartirent pour le Nord, ils abandonnaient une ville qui avait enfin retrouvé le goût de vivre.

Ils atteignirent Ville-Marie vers la mi-juillet, après un voyage épuisant sur les petites lignes ferroviaires utilisées par les forestiers. À chaque nouveau kilomètre, la forêt devenait plus dense et plus touffue encore, grouillant de bêtes qui disparaissaient furtivement à l'approche du train. Une infinité d'arbres aux noms inconnus se balançait faiblement au souffle du vent d'été, laissant filtrer à travers la frondaison quelques rayons qui moiraient le tapis d'humus et de fougères. Les entrelacs de cette forêt archaïque se voilaient de mystère à mesure qu'ils s'y enfonçaient. C'était donc ici que les coureurs des bois disparaissaient pendant des mois pour revenir les sacoches remplies de contes effrayants, de formules magiques et de médecine algonquine… Le chemin de fer paraissait à Rose-Aimée une cicatrice absurde. Cette tranchée de métal et de goudron imposait la réalité à un lieu qui n'en avait pas, n'existant que dans les légendes où, loin d'elle, s'ébattaient les feux follets et les Sauvages.

Leur arrivée dans la petite enclave paisible qu'était Ville-Marie redonna au monde un visage humain. Les quelques maisons alignées entre les champs respiraient une douce tranquillité, à l'image d'une vie rythmée par le cycle des saisons. Une vie qu'ils souhaitaient revivre un jour. Mais le village était ceint d'une frontière sombre. Tout autour de ce dernier hameau s'étendait une immensité dont les deux cultivateurs ignoraient tout. Baptiste choisit le lot le plus éloigné. Il s'emportait à tout moment en oraisons pour convaincre sa femme de la justesse de leur courage. Il faudrait beaucoup de dévouement pour agrandir le pays et l'offrir à une race plus forte que la nature elle-même. Leur détermination serait récompensée. Heureusement, nul ne pouvait l'empêcher de réussir pareil miracle. Il voulut voir la forêt s'ouvrir devant lui au plus tôt, mais Rose-Aimée ne se résolut pas à camper sur la dure avant qu'il ait fini de bâtir leur maison. Elle décida de rester au village ; on l'hébergea au presbytère.

Il n'y avait que des arbres. Leur propriété n'existait pas. Elle n'était rien d'autre qu'un quadrilatère de quarante hectares tracé maladroitement sur la carte que l'agent de la Société de colonisation leur avait montrée.

L'homme qui avait aidé Baptiste à transporter ses maigres effets dans les bois était vite reparti : deux milles le séparaient du village, il souhaitait rentrer avant la noirceur. Le colon était fin seul, absorbé par la nature.

Il ne put rien faire du reste de la journée, inconfortable en ces lieux où il se sentit étrangement inadéquat. Durant la nuit, il fixa longuement le feu qu'il garda vivace avec des branchages et de l'écorce. Lorsque la lune apparut entre les cimes, le grondement du foyer de pierre se ponctua de craquements soudains, et l'affaissement des bûches le tira de ses rêveries de récoltes foisonnantes et de marmaille enjouée. Sur les troncs alentour, des ombres se mouvaient en suivant les accents des flammes. D'inquiétantes figures dansaient parmi les cendres et le rougeoiement des braises. Quand un animal invisible fit bruisser les feuilles derrière lui, il eut le sentiment que les arbres se resserraient, que les criquets modulaient leur chant un ton au-dessus. Cet endroit qu'il avait imaginé vide et vierge, qu'il croyait pouvoir mettre à sa main, était en fait bien vivant et il fourmillait. Avant de s'endormir, il perçut venu du Nord le hululement d'une chouette. Une plainte triste, doucereuse. Presque compatissante. Un frisson le traversa malgré la chaleur de juillet.

Exténué, Baptiste lançait des jurons qui se perdaient dans les rafales. Depuis les premiers gels, le vent n'avait jamais mordu aussi profondément à travers les épaisseurs de ses vêtements. Baptiste aurait eu besoin de quelques jours encore pour achever la petite grange où devait loger le bétail. Mais, tout en clouant les planches, il replaçait continuellement son col où s'engouffraient

des pointes glacées à chaque mouvement de son foulard. Décembre était là.

En dépit de l'arrivée de sa femme, le travail sur le
lot avait progressé très lentement. Rose-Aimée s'était
installée dans la cabane de rondins en octobre, et tentait depuis d'organiser la maisonnée sans trop de succès,
recousant machinalement quelque pièce de lingerie
après avoir défait les points avec violence, faisant cuire
un pain au goût de cendre, s'effaçant dans une prostra-
tion qui durait parfois si longtemps qu'on l'aurait crue
morte sur sa chaise. Elle ne priait plus. Baptiste commençait à s'inquiéter de son état, mais il s'entêtait, et
son zèle faisait de lui un sujet de discussion au village.
Il avait payé des fermiers pour l'aider à transporter un
poêle en fonte et un lit à armature d'acier jusqu'à la
cabane. Ses dernières économies y étaient passées. La
forêt l'avait avalé. Il ne parvenait plus à trapper suffisamment pour assurer leur subsistance, et il devait s'occuper de sa femme, qui s'abîmait dans le mal de vivre.
Et maintenant l'hiver descendait sur eux, alors qu'il
essayait de terminer la grange. Le cheval, la taure et les
six poules manquaient cruellement.

En remuant ses orteils, qu'il ne sentait presque plus,
Baptiste redoublait d'ardeur pour achever la construction. C'était un labeur insensé. Le vent tourbillonnait
dans l'enclos formé par les trois murs incomplets, la
poudrerie l'aveuglait et griffait son visage. Lorsqu'il
s'attaqua enfin à la dernière paroi, la tête de son mar-
teau glissa sur le clou et frappa la planche congelée, qui

185

froid intense

fendit sur toute sa longueur. Ses mains étaient transies. La pénombre s'installait. Il dut s'arrêter.

Alors que Baptiste retraitait vers la cabane, le vent, sardonique, se calma. On entendait les troncs se tordre sous la poigne du gel. Ici et là, une perdrix faisait craquer les branches d'un bosquet dénudé, un raton poussait des glaçons au bas d'une ornière. Entre deux silences, une envolée emplissait le ciel d'un claquement d'ailes. La forêt vivait au cœur de la saison morte.

Baptiste piétina le pas de la porte pour dégager la neige de ses bottes, mis son capot sur un crochet, déboutonna sa veste écrue. L'unique pièce de la maison, séparée par un paravent de toile, était sens dessus dessous. Il lança sa veste sur la courtepointe, dont une extrémité pendait au pied du lit. La chaleur fuyait entre les rondins et il fallait attiser le feu sans cesse. Rose-Aimée était hypnotisée par la gueule du poêle. Son regard était immuable. Il n'y avait plus dans ses yeux que les reflets sautillants des flammes. C'était une vision insoutenable pour Baptiste. Mais que faire de mieux, une fois encore, que de tenter de lui faire retrouver ses esprits ? Ses mots furent brusques. La semaine dernière, il avait rangé des bûches à mains nues sans souffrir du froid. La forêt donnait du bois en abondance pour le chauffage, les collets prenaient des lièvres, les pièges, des renards. Ils auraient bientôt des œufs. Et surtout, quoiqu'il advienne, il serait là pour elle. Peut-être auraient-ils même bientôt un enfant.

Au son des paroles de son mari, la torpeur de Rose-Aimée se mua en colère. Cette si belle fille, qui venait jadis à travers champs, en tenant ses jupes, lui conter des histoires d'étable et de grand amour, lançait tous les objets à sa portée, défigurée, hurlant une détresse que Baptiste ne percevait plus, assourdi par le sang battant dans ses yeux et par l'essoufflement animal de sa propre respiration. Il esquivait les projectiles en s'avançant, cherchant des arguments où il n'y en avait pas. Sa chambre avec ses quatre frères, les hivers au pain de sucre, le loup de 97, l'étalon au tibia fracturé dans l'éboulement, leur mariage à la rivière, la ferme qu'il n'avait pu acheter à son beau-père, les trois cents dollars du ministère de la Colonisation – rien n'avait plus de sens où ils en étaient rendus. Il hurlait lui aussi désormais, déclamant un amalgame informe de catéchisme et d'imprécations.

En s'élançant vers Rose-Aimée, il heurta la lampe à l'huile, qui fit un bond au sol avant d'aller éclater au mur. La boule de feu crachée par les éclats de verre les tira de leur furie. Ils se tinrent immobiles et silencieux, aveuglés. Déjà les vêtements accrochés là s'embrasaient en pétillant, les rideaux se réduisaient en fumerolles, les flammes léchaient les rondins du plafond. Dehors, le vent entendait l'appel du malheur et se remettait à souffler. La fureur les reprit dans un emportement simultané quand ils comprirent leur impuissance. À travers le nuage noirâtre qui s'épaississait, au milieu de l'incendie qui s'amplifiait en un crescendo assourdissant, leur lutte ressemblait à une gigue saugrenue, leurs cris à des répons de damnés.

Ils furent contraints de sortir. Sur le balcon, Baptiste comprimait contre lui sa femme, qui ruait dans l'air glacé. Ils poursuivirent leur corps à corps jusqu'à ce qu'ils basculent par-dessus la rampe, s'écrasant dans la corde de bois.

Assise à côté de son mari dans la neige qui fondait, Rose-Aimée, les yeux fermés, engoncée dans le capot trop grand pour elle, profitait de la chaleur du feu sur son visage. Baptiste gisait inconscient, la tempe ensanglantée, les franges agitées par l'air chaud qui irradiait de l'incendie, abrié par la courtepointe que sa femme avait sauvée en retournant dans la cabane juste après leur chute.

Le grondement des énormes flammes, le suintement de la sève et l'explosion des nœuds des rondins masquaient le sifflement du vent dans les arbres autour d'eux. Des étincelles grimpaient dans le panache vers le ciel noir, s'éteignant très loin au-dessus des cimes. Il faisait bon. Jamais depuis son arrivée à la colonie Rose-Aimée n'avait eu si chaud. Elle estima que la cabane brûlerait encore plusieurs heures. Elle se leva, replaça sous la courtepointe la main de Baptiste qui dépassait, releva le col de son capot et s'enfonça dans l'hiver.

Chambre 130

J E N'AI PLUS de projet, Antoine. Même mon bébé vit au jour le jour, j'ignore s'il deviendra quelqu'un. Je ne me sens bon qu'à brasser notre vieux fond vaseux, pour faire lever un nuage opaque qui décantera jusqu'à demain. Tout ce qui traîne derrière moi, derrière toi, je le ramène entre nous chaque fois que je m'assois ici. Je ne dois pas être l'unique bonhomme qui vient parler tout seul devant son père. Ils doivent tous avoir leurs raisons. Je croyais que je le faisais pour toi, pour t'aider d'une manière ou d'une autre. Je me rends compte que c'est pour moi que je viens tous les jours.

Je n'ai pas envie de me mettre à ta place pour t'imaginer des souvenirs, mais ai-je le choix ? Les miens vont disparaître aussi. Probablement que c'est noir comme chez le diable dans ton corps, qu'il te monte une lointaine douleur dans le thorax quand t'essaies de le remplir d'oxygène. Le Dilaudid te gèle suffisamment pour que tu sois laid seulement de l'extérieur. En dedans, c'est comme au fond d'une piscine, non? Les glouglous feutrés, le froid qui ne fait pas réellement frissonner, le ralenti trompeur qui ne laisse pas le temps de penser, l'air qui manque. Je suis sûr que, malgré la drogue, t'as mal, Antoine. Je veux que tu meures. Nous serons tous deux délivrés.

Luce me pardonne, elle est toute avec moi. Le soir, je lui répète ce que je t'ai dit, une fois qu'on a endormi le petit. Elle trouve que je t'ai parlé comme il se doit, elle entre dans nos souvenirs comme si elle en faisait partie, elle repasse dans nos vies comme dans la sienne. Elle a bien le droit de connaître ce qui se cache dans le passé du père de son bébé, dans celui du père du père de son bébé. Mais mon histoire est presque finie. Chaque jour, je quitte mon travail pour venir te voir t'avancer sur ton câble de funambule de plus en plus fin.

La réceptionniste sourit toujours, parfois je me demande si elle souhaite vraiment savoir comment ça va à ma job, comment vont ma blonde et mon enfant. Pas le choix de sourire à mon tour. Pourquoi lui dirais-je que je ne suis plus capable de te regarder pourrir vivant? Que je préférerais te voir fleurir mort? Elle le sait. Elle sait tout de tout le monde ici. Elle voit clair dans les petits deuils, les grandes tragédies, les fils dignes, les fouilleurs d'héritages. Qu'est-ce qu'elle peut bien penser de moi? Je tapote le comptoir en la saluant. Lorsque le silence revient, je baisse les yeux. Elle ne connaît pas mon prénom, même après trois ans. Toi, tu l'as oublié. Je laisse sans raison ces photos sur le mur de ta chambre. Maman, ton bon vieux frère, mon petit... Ils n'ont pas de nom, eux non plus.

Luce, tu t'en souviens, Antoine? Tu lui avais fait une belle façon, comme un enfant aux invités de ses parents. T'as raté toute la grossesse. Tu gisais la bouche ouverte, noué dans tes tubes, quand on est venu te montrer le poupon. On espérait un après-midi de clarté, on souhaitait échanger quelques paroles, n'importe lesquelles. On n'est pas restés longtemps, t'étais pas le grand-père que je voulais qu'il rencontre. Les infirmières, par contre, se réjouissaient de croiser un nourrisson tout rose, elles qui se disent, chaque matin, en se mettant du fond de teint sur les cernes, qu'elles ont des demi-morts à torcher tout un tour de cadran. Leurs salutations respectueuses, leurs sourires habituels se sont transformés en grande conversation.

Encore aujourd'hui, la petite lampe sur le comptoir de la réception était éteinte. Deux anges de cuivre entrelacés autour du pied lèvent les bras vers l'abat-jour pour appeler la lumière. À côté, un écriteau : « Chers visiteurs, quand un locataire nous quitte, nous allumons cette lampe pour vous demander respect et silence. » Chaque fois que les portes de l'ascenseur ouvrent, j'ai la chienne. Je crains toujours que la lampe soit allumée, de tourner le coin au moment où des infirmières entreront dans ta chambre, pressées, énervées, mais l'air calme en même temps comme une belle gang d'hypocrites, pour ne pas apeurer les pensionnaires, pour préserver l'apparence d'une dignité dans la mort. Y crois-tu encore ? Il doit bien exister une façon adéquate de mourir. En légitime défense ? En sauvant la vie de quelqu'un ? En faisant ce qu'on aime ? C'est bon pour le cinéma. La mort n'est pas juste l'endos de la vie, les deux séparées par une clôture. D'un côté le parc, de l'autre le cimetière. On distingue des choses à travers les mailles de broche, souvent ce qu'on est certain de garder au plus près de soi. Quand on s'en rend compte, on commence à chercher en soi ce qui est déjà parti. Faut pas s'attarder trop longtemps à cette recherche, Antoine. On se concentre trop sur le mauvais côté de la barrière.

C'est la fin, Antoine, tu ne peux plus rien contre elle. T'es tellement léger que tu ne t'enfonces même pas dans le matelas. T'es seul avec tes machines désuètes à deux cent cinquante mille piasses, ton réseau de filage, tes sondes, tes songes, un moucheron pris dans une toile d'araignée qui se chie dessus parce qu'il a vu ce qui l'attend l'autre bord du grillage. Tu demeures inconscient quand les préposées viennent te faire de nouveaux pansements. Tes tumeurs suent, les gazes se teintent vite d'une humeur jaunâtre et de fleurs brunes, mais apparemment tu ne perçois plus rien. C'est ce qu'elles disent. Je ne les crois pas. T'as toujours eu trop de nerf pour ignorer la douleur. Mais maintenant, ce n'est plus ta volonté qui garde ton cervelet en vie, c'est la belle dignité des autres, le grand altruisme dévoué qui accordera systématiquement l'intouchable statut d'être humain à n'importe quelle enveloppe délaissée par son esprit.

Je ne sais pas quel nom ça porte, mais je le sens dans mon torse. Un petit rat me ronge les côtes à l'intérieur, jamais assez pour se creuser une sortie. Parfois, il se cache dans un coin pour quelques jours, il se fait oublier, en attendant mon signal. Puis, quand je repense à mon travail, à mon bébé qui ne peut rien corriger seul de la laideur du monde, à ton corps qui rapetisse, il se remet à gruger. Te souviens-tu, Antoine, un jour, on a parlé d'angoisse ? Tu la voyais suinter par la craque du plafond, par cette bande de tapisserie bleue et rose collée au milieu du mur, par cette tache de plâtre qu'ils n'ont jamais sablée. Elle soufflait avec les machines que les infirmières t'avaient branchées dans la chair. C'était il y a trois ans, tu venais d'emménager dans cette chambre, au beau milieu d'une éclaircie : « Marc, qu'est-ce que je fais ici ? Tu vas pas me laisser tout seul de même pour vrai ? » C'est la dernière discussion d'homme que j'ai eue avec toi. La pire, probablement. C'est à ce moment-là que le rat est entré dans ma poitrine. Combien de ces éclaircies sont-elles survenues en mon absence durant ces trois ans ? Parlais-tu des fois avec les gardes-malades, de ta vie, de ta famille, de la météo ? Je refuse le désespoir que tu ressentais en émergeant de ton brouillard pour voir ta pièce déserte, ton cathéter, ta jaquette, ton reflet difforme dans la télévision noire.

En te quittant, l'autre jour, j'ai croisé des gens dans le corridor, des gens sans visage, entre deux âges, qui avaient fini de veiller leur morte et laissaient la chambre aux préposées. Ils n'étaient pas accablés, seulement las, ils faisaient leur bilan : « mais quand même, elle a eu une belle vie», qu'ils se disaient pour s'excuser d'avoir pleuré, mais aussi, je crois, de l'avoir abandonnée pour ne pas assister à sa déchéance. Ils ne voulaient garder d'elle que le bon.

Tu n'as pas eu une mauvaise vie non plus, n'est-ce pas, Antoine? Tu ne te rappelles rien. Je me souviens, moi, je trouvais inutile que maman mette les tissus jaunis sur les fauteuils et les divans quand on partait du chalet le dimanche après souper. Elle tirait les rideaux. Personne ne pourrait épier par les fenêtres et voir des meubles à l'allure de revenants fatigués. Même la poussière prenait congé pour la semaine. Maman l'avait toute enlevée avec son aspirateur qu'elle passait dans tous les recoins, jusque sous mon lit, qu'elle refaisait systématiquement parce que j'avais laissé dépasser le drap et onduler quelques replis de couvertes.

Chaque fin de semaine, c'était la même fête pour moi. Je pouvais m'évanouir, devenir la rivière, la forêt, la montagne, chasser, planer comme un urubu, pousser comme un arbre, dormir comme un loir. Maman travaillait encore à tout maintenir dans l'état; une femme de maison ailleurs que dans sa maison n'est pas une femme. Et toi tu disparaissais aussi quelque part, sans accéder à la nature pourtant, demeurant civilisé le plus possible au fond de la campagne. Peut-être t'étendais-tu dans ton lit pour crever un peu d'avance? Tu revenais à nous pour diriger les repas, mener les conversations, ordonner la vie aussi loin que là-bas où on allait, je le pensais, pour fuir l'ordre, l'alignement des rues, l'horaire de mon école, l'obligation d'être toujours quelqu'un.

Cette maison secondaire, ce champ, cette forêt, ce bras de rivière, t'ont-ils gardé jeune, ou n'ont-ils rien pu faire pour t'empêcher de te surprendre un jour dans le miroir, vieilli, cerné, plus chauve et cireux que tu croyais jamais le devenir ? Moi, quand je t'ai parqué ici, j'ai achevé ma jeunesse. Mes souvenirs sont ceux d'un enfant que je ne suis plus, ni dans mes rêves ni dans mon cœur ; ceux d'une autre personne. Je n'arrive pas à comprendre comment je me suis transformé en cet homme gris dans le miroir, gris et fatigué.

C'est une merveille, vivre, un miracle, même, entend-on partout. Te sentais-tu miraculeux quand le soleil chauffait le salon du chalet par la baie vitrée, quand on déjeunait ensemble sur le balcon, en face d'un pan d'énormes thuyas qui sucraient l'air autour de nous, ou quand le ciel se dégageait pour nous montrer l'infinité de points blancs, si denses que la grande ourse s'évanouissait, si lumineux qu'on allait marcher sans crainte, à minuit comme en plein jour ? Te sens-tu miraculeux maintenant, sur ton grabat, dans ta pisse ? Mes souvenirs m'empêchent de dormir, souvent, la colère. Il ne faut pas croire ce que les gens disent de leur passé. Il ne faut pas croire ce dont on se souvient. Le miracle, la magie, c'est de ne pas avoir encore touché la douleur ; c'est l'enfance. Après, on passe sa vie à se débattre contre le mal, la haine, la peine, contre toutes les formes qu'elle peut prendre, la douleur. On cherche à rester enfant. C'est perdu, pourtant. Ça n'a peut-être jamais existé.

Tu n'as pas eu une mauvaise vie, Antoine. Tu le sais, tout n'est pas si difficile à chacune de mes visites. Je t'en ai déjà raconté, des moments agréables, des souvenirs joyeux. Je t'en ai expliqué les moindres gazouillis, tu le connais bien, mon fils, au fond, au plus profond, là où t'es rendu. Je ne veux pas que tu croies, si tu peux me saisir dans ta brume, que ma tristesse devant ton corps déformé fait disparaître le bon à l'unique profit du pire. Regarde comme tout est calme. En m'en venant tout à l'heure, je distinguais à peine la lune, toute pâle dans le ciel poudreux, et maintenant elle est très claire. J'ai éteint la lumière de la chambre pour mieux voir dehors. Il n'y a presque personne dans le corridor, on n'entend que les appels sporadiques des infirmières à l'inter-phone. Les entends-tu, en équilibre sur ton câble ? Te tient-elle debout, leur présence de tous les instants ? Ce soir, plus qu'à l'habitude, le silence est complet quand tu retiens ton souffle pour dix, vingt, trente secondes. Je pense parfois avoir entendu ta dernière respiration. Puis tu repars. J'aimerais que tu t'arrêtes ainsi, dans la douceur, la lenteur, le silence apaisant.

Il n'y a pas que du mal dans ta fin, Antoine. Les souvenirs ne sont pas que des oiseaux qui volent bas comme des couteaux. Peut-être ne te reste-t-il plus grand-chose du vieil homme chaleureux et intelligent, encore solide, à la mémoire infinie, que tout le monde appréciait, mais c'est elle, l'image de ta vieillesse que je garderai, la meilleure, la plus belle. Celle que je vois présentement s'effacera. Je l'effacerai. T'as déjà traversé la clôture.

Est-ce que tes parents ont jamais cru que t'en arriverais là un jour, Antoine ? S'ils y croyaient, ils ne t'ont jamais imaginé comme ça, je suis sûr. Au début des années vingt, un soir de pluie, t'es apparu, minuscule mystère sorti de la matrice de ta mère, complètement différent de ce à quoi ils s'attendaient, mais parfait tout de même, un peu bleu mais vite rose, trop gueulard mais sublime durant les accalmies, une petite merveille qui draine toute énergie, mais laisse quand même l'amour s'additionner en paix. Ta mère aurait-elle seulement pu te projeter quatre-vingt-dix ans plus tard, dans une époque de poumons artificiels, de sels au compte-gouttes, de cœurs à batterie, dans ton corps de vieillard, ta carcasse d'oiseau?

Tu dois être écœuré de mon radotage. Ce sont pourtant les paroles les plus importantes qui soient parvenues à tes oreilles. Je te le dis encore, c'est peut-être ma dernière chance : je ne pourrais pas te voir disparaître si je n'avais pas mon petit dans les bras chaque jour. Il te prend chaque bouffée d'air que tu abandonnes, Antoine. Maintenant, je sais moi aussi ce que c'est d'avoir son seul enfant à quarante-cinq ans. Te sentais-tu renouvelé? Enfin capable de goûter les insignifiances, les poussières dans le soleil, les motifs dans la pierre? Mais furieux en même temps? Parce que c'était trop tard. Parce que ta douleur au genou ne partait plus. Parce que tu devais dorénavant pisser à deux heures du matin toutes les nuits. Parce que t'étais désormais ridé, même quand tu ne riais pas. Parce que tu verrais ton fils grandir alors qu'il te verrait vieillir.

Vous vous ressemblez. Vous tenez ma main avec le même réflexe tranquille. Quand il dort, la tête renversée, la bouche ouverte, sans une dent, la couette hirsute et les paupières mauves, je me surprends à croire que vous inversez vos rôles, que vous vous rejoignez quelque part dans un champ neutre entre le sommeil et la mort pour faire tout ce que vous ne ferez jamais ensemble ici.

Que pensera-t-il de moi dans quarante-cinq ans, quand ce sera son tour de me faire la barbe, de me changer de côté toutes les heures, de boire un café froid en fixant des machines qui clignotent ou un mur de stationnement par la fenêtre ? J'espère qu'il n'aura pas cette obligation, que je serai parti avant. Mais d'ici là, je vais le laisser m'appeler Papa. Ça ne peut pas nous faire de tort. Qu'est-ce que t'en penses, Antoine ?

Le voyageur immobile

I

I L Y A PLUSIEURS MOIS que je me demande si je
dois écrire mon histoire ou tout emporter dans le
vacuum. J'achève. Le prochain voyage sera le dernier. Ceux qui m'ont vu vieillir aussi vite ne se doutent
de rien, présument que je suis atteint d'une maladie
rare, une sorte de progéria pour adulte, une dégénéres-
cence congénitale. J'ai réussi à le leur faire croire. Vaut
mieux connaître un malade qu'un fou. Qu'aurais-je
gagné à prendre un confident, à lui proposer de m'observer ou de m'accompagner ? On m'aurait embarqué,
donné des pilules roses, jeté dans une cellule. Quoique
j'eus pu m'en évader facilement… Ceux qui découvriront
ce texte penseront qu'il s'agit de l'œuvre d'un vieillard
à l'imagination baroque. Ils auraient tort. Pourtant,
je ne cours aucun risque, précisément parce que mon
témoignage sera reçu comme une fiction. Je n'ai pas le

choix de l'écrire. J'ai passé ma vie à chercher des traces. Pourquoi disparaîtrais-je sans en laisser moi-même ?

Allons-y.

Voilà une quinzaine d'années selon le calendrier grégorien, j'héritai de la maison familiale, une baraque pleine de mauvais souvenirs, d'où j'avais été heureux de partir à mes dix-huit ans. À la fin de la vingtaine, je n'avais ni femme ni enfant, mais j'avais enfin terminé mes études en bibliothéconomie, et je cherchais, le soir et les fins de semaines, des circonstances propices pour entamer l'écriture de quelque chose, préférablement un roman. Les assurances réglèrent l'hypothèque. Je vis dans cet héritage l'occasion de me relancer et, comme je gagnais suffisamment, à temps partiel aux Archives nationales, pour assumer en efforts et en coûts la rénovation de cette demeure qui m'échoyait, j'acceptai d'entreprendre le ménage de notre passé et quittai mon trois et demie pour rejoindre cette petite campagne à trente minutes de Montréal.

La maison, à vrai dire, n'était pas en si mauvais état. Des bardeaux avaient craqué, mais la toiture ne fuyait pas. Les boiseries et les planchers ne luisaient pas autant que je l'aurais espéré, mais il n'y avait pas de raison pressante pour sabler et revernir. Je fis restaurer le balcon, dont certaines planches pourrissaient dangereusement, et aussi tout le garage, cette grange de bois grisonnant qui ne tenait plus que par la peur. En trois semaines, je me débarrassai de la majorité des objets et des meubles que mes parents avaient laissés derrière, dans le léger désordre de la vie courante que leur disparition accidentelle avait figé. À mon arrivée, une brassée de vêtements attendait qu'on la sorte de la sécheuse, et la vaisselle propre, sur l'égouttoir, qu'on la range dans les armoires. La bouilloire automatique était toujours branchée au mur, son contenu revenu à la température de la pièce. À l'étage, un pot demeurait ouvert sur le bord du lavabo de la salle de bain. Des traces de doigts s'enfonçaient dans la crème. Ma chambre ayant été transformée en salon de lecture à mon départ, je n'eus pas à confronter de nouveau mon adolescence. Ne pouvant envisager de m'installer dans la chambre des maîtres, j'y déplaçai les bibliothèques et les fauteuils, puis je remeublai mon ancienne chambre. Je n'avais pas besoin de plus.

En faisant le tri des innombrables boîtes de cochonneries du sous-sol, je découvris la caisse de l'arrière-grand-père. Il s'était embarqué comme matelot et avait fait on ne sait combien de fois le tour du monde. Parmi les moments passés avec lui dont je me souviens – il est mort quand j'avais dix ans, un vrai gaillard –, les soirées où il nous racontait ses voyages sont les meilleures. Quand il narrait ses escales au Brésil, ses séjours dans le Pacifique Sud ou ses navigations ralenties par d'interminables tempêtes, j'imaginais des monstres surgissant de traîtres forêts au verdoiement pourtant paradisiaque, des coups bas entre marins jouant dur pour s'imposer aux plus faibles. La caisse de cuir et de métal rouillait dans un débarras depuis une centaine d'années.

Elle contenait les souvenirs qu'il avait rapportés de ses voyages dans le Grand Nord à bord du vapeur *Arctic,* en tant que soutier dans l'équipage du capitaine Bernier, mandaté par le gouvernement canadien pour assurer dans les îles arctiques une constante présence militaire et scientifique. Il nous reservait cette histoire chaque hiver, quand l'humidité lui gonflait les genoux et que le froid ravivait les souffrances endurées dans les glaces bleues du détroit d'Hudson ou les bivouacs de fortune entre les mamelons râpés de l'île de Baffin. D'entre tous les trésors qu'il avait ramenés des sept mers et que mes parents affichaient comme des trophées, la défense de morse que des Inuits avaient gravée et sertie de cuivre natif m'impressionnait le plus. Cet objet dont je n'avais pu me départir trônait encore sur le buffet, monté sur son trépied. Combien de phoques cette défense avait-elle embrochés ? Combien de duels entre mâles furieux se battant pour la même élue avait-elle permis de remporter ? Ma fantaisie de garçon l'avait rendue prodigieuse, mon regard d'adulte admirait sa facture raffinée.

Je pourrais vous éviter les réminiscences puériles qui m'habitèrent quand je devins orphelin à presque trente ans. La suite de mon histoire importe bien davantage. Mais je n'aurais pas accordé, j'en suis sûr, autant d'attention à cette caisse sans la fascination que les navigations de mon arrière-grand-père avaient exercée sur moi dans mon enfance. Elle rouillerait toujours au sous-sol avec ses secrets dans la pénombre, ou bien serait défoncée, comprimée, ensevelie dans un dépotoir avec le reste. Je

coulerais des jours plats sans autre souci que de faire
mes heures au travail et mon ménage tous les diman-
ches. Mais aurais-je eu une meilleure vie?

Je sais que je dois à cet arrière-grand-père une bonne
part de mon imaginaire, et certainement mon intérêt
pour l'histoire. Je ne suis pas devenu archiviste par
hasard. J'eus donc pour ce coffre de mon aïeul la plus
grande curiosité. J'y découvris des dépêches, des journaux de bord, une veste en tweed, des bottes sans lacets,
aux semelles décollées. S'y trouvait aussi un encadré de
la célèbre photo du dévoilement de la plaque à Parry's
Rock en 1909, quand Bernier prit officiellement possession de l'archipel arctique au nom du Canada, sous le
Red Ensign. Je ne pouvais m'imaginer combien cette
photo vaudrait un jour à mes yeux, mais tout de suite
elle m'absorba, je sentis pour je ne sais quelle raison
qu'il s'agissait d'un cliché important. On y voit une trentaine d'hommes au visage sérieux à moitié camouflé
par leur casquette, dont une majorité d'Inuits vêtus à
l'occidentale, et un bébé bœuf musqué tenu en laisse.
À l'arrière du cadre, sur l'épais carton, on avait écrit
à la main : «Troisième à droite, premier rang, bras
croisés.» Malgré le peu que je distinguai de lui, je me
trouvai une certaine ressemblance avec mon ancêtre.
Cela m'amuse chaque fois que j'y regarde de plus près
aujourd'hui. Le lien filial m'apparaît avec évidence.
Dans une boîte de moindre taille s'empilait une quantité étonnante d'objets usuels et d'œuvres d'art inuit,
parmi lesquels une paire de mitaines de phoque dont

le cuir asséché s'effritait, une sculpture d'ours en stéatite cassée en deux, un stylet en os, une poupée de fourrure, un ovale de métal ciselé et poli, qui tenait au creux de la paume et représentait un œil avec un trou en guise de pupille, un bilboquet en corne à la ficelle de nerf encore intacte. De très belles pièces, fascinantes, que je montai dans mon bureau avec l'intention de les présenter à la direction des Archives.

Je profitai des fins de semaines suivantes pour terminer le ménage du sous-sol. Il renfermait surtout des objets de rebut et des papiers inutiles qu'on garde sans y revenir, pour la seule raison qu'on a assez d'espace pour les accumuler. Je brûlai, vendis, jetai presque tout. Trois mois me suffirent pour vider et retaper la maison, ce qui me sembla rapide pour un flemmard de ma trempe. Aucun spectre ne me visita, les planchers ne craquèrent pas la nuit, mes collègues me soutinrent comme des amis. Je commençai même un récit, qui n'avança pas à mon goût, et je me perdis bientôt en intrigues parallèles.

Une fois mon emménagement terminé, j'acceptai de faire du temps supplémentaire aux Archives. Je parlai des morceaux inuits au directeur de mon département, qui se montra intéressé à les voir et me commanda un texte sur l'évolution des arts de l'Arctique ainsi qu'une présentation plus étoffée de chacune des pièces de la collection, afin d'en estimer la valeur. Il doutait qu'on allât jusqu'à les exposer dans le hall d'accueil du centre d'archives, mais, selon lui, ils trouveraient sans doute leur place dans les tiroirs de la réserve, au troisième.

Il pensait même qu'on pourrait les envoyer au fonds Bernier, à Ottawa.

Je plaçai peu d'espoir en une exposition et préférai conserver la collection plutôt que de la voir confier à l'ombre pour je ne sais combien de décennies. J'avais accès à toute la documentation que je désirais et j'entrepris mes recherches malgré tout, ne serait-ce que pour savoir quels mondes mon arrière-grand-père avait visités. Bien qu'endommagées, les pièces témoignaient de la finesse des artisans inuits du début du vingtième siècle, qui avaient tiré profit des outils venus du Sud circulant chez eux depuis quelques générations pour parfaire leurs méthodes traditionnelles. Les œuvres des femmes en particulier, la poupée et la paire de mitaines, étaient remarquables. Que l'ours fût cassé en deux moitiés me déçut ; parfaitement proportionné, lisse comme du marbre, la figure intacte, la bouche ouverte, les pattes avant levées, le chef-d'œuvre se tenait prêt à charger le premier phoque à émerger des glaces.

L'œil de métal me posa problème, et je ne pus en identifier l'origine sur-le-champ. Mes recherches sur les Inuits du Cuivre me guidèrent vers différentes hypothèses que je ne pus confirmer. J'en vins à penser que l'ovale percé s'était rendu dans l'Arctique comme un bois flotté, au hasard des vagues, transporté dans un bagage d'aventurier, troqué contre un litre d'eau-de-vie, un baril de farine ou une femme.

Je descendis au sous-sol chercher les cahiers de l'arrière-grand-père, espérant y lire comment il avait acquis ces pièces exceptionnelles. Des entrées télégraphiques décrivaient la météo, la nature, l'humeur des marins, les tâches qu'ils accomplissaient quotidiennement. Certains passages plus longs racontant des anecdotes périlleuses ou cocasses avaient leur intérêt, mais la plupart étaient typiques de ce qu'on consigne dans un journal : des désirs de faire autre chose que de rédiger ces notes, de l'ennui, du temps perdu, des fautes d'orthographe. Je tombai après une heure ou deux de lecture sur un passage révélateur. La découverte me répugna. Les matelots avaient organisé un système de contrebande pour s'approprier les œuvres, qu'ils revendaient, quand venait leur permission et qu'ils rentraient au Sud, à la division d'anthropologie du Musée de la Commission géologique du Canada, ou à des collectionneurs privés. Lorsqu'ils manquaient de montres, de livres ou de tissus à échanger aux Inuits, ils les volaient, tout simplement.

Bien sûr, il ne s'agissait pas d'une grande découverte. Le colonialisme se fonde sur l'appropriation de ce qu'on déclare nous appartenir. Le commandant Bernier, avec sa plaque de Parry's Rock ou ses messages cachés sous les tumulus, avait énoncé la loi, dicté les frontières, et on avait dessiné les cartes dans la capitale. Je fus tout de même blessé de savoir mon arrière-grand-père impliqué dans de tels outrages et d'avoir son butin en ma possession. Je me résignai à abandonner mes recherches et commençai à ranger les cahiers et les œuvres. Les moitiés d'ours retournèrent dans la boîte avec les mitaines et le bilboquet. Comme le discours du colonialisme me parut abject à ce moment – non seulement celui qui usurpe sans scrupules, mais celui qui maquille et fait des héros de personnages médiocres. Jacques Cartier avait peut-être été un bon navigateur, me dis-je, mais il avait multiplié les erreurs auprès des Amérindiens et trahi Roberval dans une minable course à l'honneur, qu'il perdrait par ailleurs. On ne sait même pas de qui sont les récits de voyage qu'on lui attribue… Il avait planté sa croix en déclamant sa harangue, comme Bernier ses annonces fallacieuses. Je mis la poupée dans la boîte. Les pêcheurs de toutes les nations maritimes d'Europe occupaient à cette époque les berges de Terre-Neuve, où il y avait même un port, pour sécher et encaquer la morue, mais les Basques eux occupaient le continent, établis au Labrador pour fondre des baleines. Découvreur du Canada, quel mensonge… Je pris l'œil de cuivre sur le bureau. Oui, bien avant Cartier, les Basques avaient suivi les berges de la Côte-Nord vers Anticosti, me disais-je quand je reçus dans le visage les éclaboussures d'une vague qui s'était brisée sur les rochers devant moi. À une cinquantaine de mètres d'où je me tenais pétrifié, des échafaudages où pendaient des poissons, en face d'une cahute éclairée par un grand bûcher, essuyaient l'assaut d'innombrables oiseaux que des hommes tentaient de repousser avec des perches. Dans la rade mouillait un navire aux voiles baissées, deux ou trois barques s'avançaient vers la grève. Mon bureau avait disparu, et avec lui les cahiers de mon arrière-grand-père et la boîte d'œuvres inuites.

Ma chemise fouettait dans la brise, qui charriait des odeurs de varech. Mes pieds trempaient dans la vase. Un marin dans une des embarcations me remarqua, signala à ses compagnons ma présence sur la plage. Les hommes s'approchèrent avec leurs bâtons et des torches allumées dans le brasier, en m'interpellant dans une langue inconnue. Ils n'étaient qu'à deux pas lorsque je sortis de ma stupéfaction pour reculer dans le bocage derrière moi, où la nuit tombait déjà. Les pêcheurs se penchaient avec leurs flambeaux pour scruter entre les troncs, en se donnant des indications. À découvert, je fus cerné rapidement. L'un d'eux me tendait des poissons séchés, un autre une poignée de bijoux, un troisième parlait fort en pointant l'habitation et la mer. Je tenais toujours l'œil de cuivre à la main. Je le leur lançai en hurlant. Il rebondit sur le mur et le bureau avant d'aller rouler au coin de la pièce, tandis que je tombai à la renverse, essayant de me protéger de mes assaillants disparus.

II

L'œil resta dans le coin de la pièce pendant quelques jours. Je fis tout ce que je pus pour vaquer à mes affaires normalement, travaillant aux Archives, griffonnant le matin à la maison, lisant le soir, évitant de mon mieux le bureau, feignant l'ignorer. Cela ne dura pas. Je ne pouvais nier avoir voyagé dans le temps. De toute ma vie, je n'ai jamais halluciné ni déliré. Et une hallucination, j'en suis sûr, ne peut être aussi réelle. Surtout que, quand je me suis retrouvé dans le bureau après ces moments vécus à la Renaissance, sur une berge nord-côtière avec des pêcheurs basques, le bas de mes pantalons et mes souliers étaient trempés, ma chemise déchirée et la peau de mon dos égratignée. D'où venaient le sable et le morceau d'algue, sinon de la mer, du passé d'où je revenais?

Il me fallut plusieurs tentatives pour récupérer l'œil, que je n'osais toucher, craignant d'apparaître dans une cage à marée du Mont-Saint-Michel ou au milieu d'un raid iroquois, quelque part au nord de la rivière des Outaouais. Quand je m'en saisis enfin, je me sentis courageux, mais en fait j'étais terrorisé et la peur m'avait vidé l'esprit. Je reposai rapidement l'œil sur la table. J'en ris aujourd'hui, mais allez savoir ce qu'il serait advenu de moi si en le reprenant j'avais pensé au gibet de Montfaucon, aux débauches de Raspoutine ou à l'incendie de Persépolis? Dans quel abîme aurais-je sombré?

Plusieurs nouvelles manipulations du talisman furent sans conséquence, et j'en vins à croire que le mystère de mon voyage resterait insoluble. Mais un autre incident se produisit. Allongé sur mon lit, je manipulais l'objet alors que je tentais de me remémorer les événements qui avaient précédé mon saut sur la Côte-Nord. L'œil en main, je me retrouvai dans le coin de mon bureau et me vit comme dans un film, à quelques mètres, frustré, remettant violemment les carnets de mon arrière-grand-père dans la boîte avec les morceaux d'ours, les mitaines, le bilboquet, la poupée. Prenant l'œil, le lançant tout de suite avec force, tombant à la renverse et rampant ensuite hors de la pièce comme un tamia blessé. Je perdis contenance devant mon double et lâchai l'œil, qui retomba sur mon couvre-lit.

Je digérai la chose quelques jours et compris le pouvoir de ma découverte. L'œil de cuivre vous montre le passé tel qu'il s'est déroulé dans les faits : l'histoire, petite, grande, négligée, mais surtout véritable. Vous le tenez dans la main, vous pensez à un lieu, à un moment, et vous y voilà. Et si vous ne voulez plus épier un accouchement de votre mère, visiter la salle de torture de l'Abitation de Québec ou entendre, caché derrière une tenture rouge et noire, la discussion entre Hitler et Mackenzie King, vous n'avez qu'à lâcher l'objet : il tombe à vos pieds, au présent.

La puissance de mon talisman me subjugua dès que j'en compris la portée. Cet objet si anodin contrevient à toute logique, permet de faire sans médiation les voyages temporels que les hommes ont imaginé réaliser grâce à la science, à grand renfort de technologie complexe, et qu'ils ont représentés dans la littérature et au cinéma des manières les plus saugrenues. L'œil ne luit pas d'un reflet fluorescent la nuit, ne vous hypnotise pas comme s'il vous avait jeté un sort, ne vous souffle pas à l'oreille des incantations en langue damnée, ne lance pas à vos trousses des justiciers vengeurs et anachroniques. Sa magie est amorale, son apparence modeste, sa méthode rudimentaire. C'est un outil, il faut savoir s'en servir.

J'appris à voyager, peu à peu, empiriquement. Il est obligatoire de tenir le talisman. Le garder simplement dans un sac ou le porter en pendentif ne suffit pas. Cette condition m'a contrarié passablement lors de mes premières expéditions. Je voulais participer au passé, faire dévier les destins, marquer mon passage. Devoir cacher ses mains dans ses poches, pour ne pas attirer l'attention sur ce qu'on transporte, ou s'assurer de passer l'œil de la main gauche à la droite sans perdre le contact, est plutôt handicapant quand se présente la chance d'intervenir dans le cours du monde. Mais voilà le propre de l'œil de cuivre. On ne peut changer l'histoire. On ne parviendrait pas à tuer quelqu'un, ni même un animal, j'ai essayé. Trop grossier comme ambition. L'œil est plus raffiné que nos instincts primitifs. Une seule fonction subordonne son pouvoir, son potentiel infini : donner à voir le passé. Vous vous doutez bien qu'on ne peut connaître l'avenir.

Je suis devenu maître du travestissement, me procurant, chez des costumiers, des couturiers, des Atikamekw, même chez des religieux, des répliques d'habits suffisamment discrètes pour qu'en voyage je passe inaperçu le temps de me revêtir adéquatement sur place. Je possède maintenant une énorme collection de vêtements originaux de plusieurs époques et cultures, en si bon état (les plus vieux n'ont que quinze ans) que je dois les garder cachés. Un conservateur de musée n'y comprendrait rien.

J'appris des langues autochtones, entendis l'espagnol parlé pendant la conquête de l'Empire aztèque. Notre français archaïque, avec son accent pré-Révolution, me permit de me fondre assez aisément à la population en Nouvelle-France, mais aussi dans les Antilles, où la naissance du créole faisait entendre mille inflexions. Il faut dire que je restais solitaire, pour éviter les ennuis. Je voyageai le plus souvent avec l'objectif d'observer et d'apprendre, mais il m'arriva quelquefois de partir en touriste, ayant trouvé des endroits qui valaient la peine. L'œil en lui-même n'est pas malveillant, mais un voyageur négligent mettrait sa vie en danger. Les premières secondes après le départ sont critiques et requièrent notre pleine attention. Il faut être prêt à rentrer sur-le-champ. Heureusement, je n'ai ramené du passé que des égratignures et un orteil cassé, que j'ai bêtement cogné sur une souche après avoir enlevé mes mocassins. Ces marques sur mon corps m'ont rendu prudent. Je ne doute pas que des gens plus téméraires se seraient dépêchés d'aller assister au débarquement de Normandie, aux Pâques sanglantes ou à la fusillade d'O.K. Corral. Je n'ai jamais osé. Que se serait-il produit si j'avais été blessé sans pouvoir lâcher le talisman ? Ou si on m'avait tranché la main qui le tenait ? Serais-je rentré en ayant perdu l'une et l'autre ?

Malgré ma fascination pour les secrets que l'œil me faisait découvrir, je m'inquiétais, conscient de ne plus respecter les lois de la nature. Les petites blessures, les fatigues, les angoisses que je ramenais au présent prouvaient que je vivais bel et bien dans ces autres époques, que mon corps et mon esprit *vieillissaient,* et pourtant je revenais, à mon début de vingt et unième siècle, à l'instant même où j'avais commencé mon voyage. J'étais obsédé par le souvenir de mon deuxième déplacement, où je m'étais vu ranger les objets de mon arrière-grand-père et lancer l'œil de cuivre sitôt m'en être saisi : il prouvait que je n'avais tenu le talisman qu'une fraction de seconde quand bien même j'avais passé quelques minutes sur la plage. Je pris le risque de retourner assister à la scène pour relever les transformations : mes pantalons secs soudain mouillés, ma chemise instantanément déchirée. Ce fut une expérience troublante. Non seulement j'observai à nouveau mon premier avatar replaçant les œuvres inuites et projetant l'œil de toutes ses forces, mais aussi mon deuxième, debout dans le coin du bureau. J'existe en trois exemplaires à ce moment précis de l'histoire. J'ai désormais la crainte de me voir moi-même surgir au détour d'un corridor.

Il m'est difficile de me représenter la vie que je menai à partir de ce jour-là. La seule image qui me vient à l'esprit, je l'ai trouvée dans un roman épique. C'est celle d'une infinité de sosies réfléchis dans des miroirs se faisant face. En plus de voyager, je notais mes observations et faisais des recherches sur le talisman, tout en poursuivant ma routine quotidienne. Partir le dimanche pour deux mois chez les Anasazi, dans un Grand Canyon précolombien, ne changeait rien au fait qu'au retour je devais, dès le lendemain, commencer ma semaine de travail. Mes collègues ont-ils aperçu les changements qui s'opéraient en moi ? M'ont-ils vu me désintéresser de mes archives, qui, il faut l'admettre, avaient perdu tout relief en regard de ce que je vivais ?

Chose certaine, ils m'ont vu vieillir prématurément, et eux sont restés bien jeunes à mes yeux. Je demeurai en retrait, prétextant une maladie rare. Avais-je le choix ? Comment justifier qu'un homme de trente ans prenne l'apparence, en treize années, d'un octogénaire ?

Bien vite, le talisman m'intrigua plus que ce à quoi il me permettait d'accéder. D'où venaient ses potentialités infinies ? Quelles forces avaient été invoquées lors de sa confection, et par qui ? Peut-être mon aïeul en avait-il su quelque chose ? Il n'y avait dans la caisse aucun indice laissant croire qu'il eut connu les pouvoirs de l'œil, mais je crus nécessaire d'aller m'en assurer. Ce fut l'un de mes premiers longs voyages et je mis beaucoup d'efforts à préparer ma rencontre avec mon arrière-grand-père. Il me fallut plus de six mois à bord de l'*Arctic* pour apprendre le métier de soutier. Nulle connaissance n'est superflue pour qui veut maîtriser l'art du mimétisme, et je bûchai dur, d'un labeur crasseux, souffrant un régime de potage infect. J'expérimentai avec succès de nouvelles façons de voyager. Tout comme je revenais à mon point de départ, au présent, en lâchant l'œil, il m'était possible de retourner dans le passé au moment et au lieu que je venais de quitter. Je n'avais qu'à me retirer dans un endroit isolé – les chiottes me furent pour cela d'un grand secours –, à noter l'heure exacte pour y retourner une seconde plus tard, et à laisser tomber l'œil. Cela me permit de prendre quelques journées de repos durant ce périple où j'étais constamment à l'affût, et d'aller me ressourcer dans ma petite campagne à trente minutes de Montréal. Je découvris aussi qu'il était possible de garder l'œil dans ma main en serrant les trois doigts repliés sur la paume grâce à un bandage, tout en laissant l'index et le pouce libres, ce qui me permit d'abattre ma tâche de matelot assez efficacement pour ne pas nuire à ma comédie. Je dus travailler plus que les autres pour m'éviter une réputation d'handicapé, ce que je ne réussis qu'à moitié. Parmi tous les quolibets dont on m'affubla, je préférai de loin «Pistol Pete»…

Au cours de ces six mois, je manœuvrai discrètement, nouai peu d'amitiés. Je m'approchai peu à peu de mon ancêtre en apprenant le poker, en achetant un hamac du dortoir A-7 au prix d'un canif et de deux semaines de quarts de nuit supplémentaires, en me faisant accepter, au péril de mon foie, parmi les groupes des fêtards. Bien que l'on se saluât tous les jours d'un signe de tête familier et que l'on partageât désormais le même espace de vie, quelque chose nous empêchait de nous parler, une gêne, un inconfort que je ne parvenais à saisir. J'en vins à croire à un subterfuge de l'œil, à une mise en garde du destin, ou encore à une volonté de m'ignorer de la part de mon ancêtre, qui, voyant clair dans mon jeu depuis le début, voulait garder le secret de son pouvoir pour lui. Bien sûr, rien de tout cela n'était vrai. Après avoir passé en revue toutes les manières de briser la glace et redouté les conséquences imprévisibles que pouvait provoquer la rencontre de deux détenteurs de l'œil de cuivre – du même sang, de surcroît –, j'osai l'aborder un soir de congé où nous stationnions dans la baie de Frobisher. Mon ancêtre occupait un rang élevé dans la hiérarchie tacite des matelots et ne se laissait pas approcher si facilement en privé par les nouveaux venus. La bouteille de scotch de quinze ans que j'apportais comme cadeau le mit en confiance. Il était grand et costaud, beaucoup plus que moi. Quand nous nous assîmes en retrait sur des barils et que je vis ses genoux si gros à côté des miens, je me demandai comment une telle force avait pu être à ce point altérée en seulement quatre générations. Les yeux, quant à eux, avaient résisté au mélange des gènes, et je reconnus dans son regard celui de mon père. Cela m'impressionna. Quand il ouvrit la bouche, cependant, toute la tension que j'avais accumulée s'évapora d'un coup, me laissant dans une profonde lassitude. Notre discussion ne fit qu'accentuer la déception que j'avais ressentie en lisant ses journaux de bord. Au bout d'une heure de rasades et de digressions, je lui soutirai quelques détails sur le recel des objets d'art et sur la fluctuation des prix de vente, mais il ne me dit rien à propos de l'œil de cuivre, ne manifesta de superstition en aucun moment, jugea les hommes et les événements avec un pragmatisme élémentaire. Cet homme n'avait absolument rien de mystérieux, encore moins d'héroïque. Il avait beau avoir fait le tour du monde en continu, je ne crois pas qu'il ait jamais su voyager. Au moins était-il aussi bon vivant que je le pensais. Je mentirais si je vous disais n'avoir cherché que le secret de l'œil durant ce long voyage. J'avais été bien naïf de placer quelque espoir dans la rencontre d'un homme qui occupait une si belle place dans ma mémoire. Ce fut ma seule entreprise du genre et sur le coup j'en fus à ce point secoué que je partis trois mois sur les plages d'un continent dérivant quelque part sous les tropiques, bien avant l'avènement de l'humanité. Je n'en suis plus triste aujourd'hui, cela fait si longtemps. Je considère cette aventure comme un écart de jeunesse, et garde comme souvenir de ma rencontre avec mon arrière-grand-père la photo de Parry's Rock. J'y suis en plein centre, tout juste derrière Bernier, au deuxième rang, à gauche du drapeau.

Je repris mes recherches dès mon retour des tropiques, en méditant sur ma présence dans la photo. Sûrement y avait-il des traces d'autres voyageurs temporels dans les livres, les documentaires, les annales médicales ? Peut-être, en fait, y en a-t-il partout dans nos vies mêmes, quand nous remarquons un étranger parmi des gens que nous connaissons bien, quand nous croisons un vieil homme aux traits familiers qui nous dévisage, quand nous avons l'impression qu'il y a quelqu'un avec nous alors que nous sommes supposés être seuls à la maison.

La science-fiction qui traite de voyages dans le temps est trop foisonnante et sophistiquée pour exprimer ce que l'on ressent d'immédiat, de prégnant, de banalement sensitif lors de ces voyages. Il est évident que ces auteurs ne témoignent pas d'expérience et s'égarent soit dans la science, soit dans la fiction. La littérature spécialisée sur le vieillissement hâtif cherche avec des œillères aux longs noms latins. Le discours historique? Trop linéaire et déterministe. Les réponses à mes interrogations se trouvaient dans les récits traditionnels. Il y a maintenant deux mois (vos mois), je remontai à la source inuite. Je me demande pourquoi je n'ai pas fouillé là en premier lieu.

Il subsiste encore aujourd'hui, au Nunavik, sur l'île de Baffin et chez les Inuits du Centre, des variantes orales de cette courte légende qui s'est répandue, selon les anthropologues, à l'arrivée des Thuléens dans l'Arctique canadien, au Labrador et au Groenland. Sa retranscription originale, faite par l'explorateur et naturaliste danois Knut Pedersen, date de 1897. Elle fut réécrite en anglais à Londres peu de temps après, mais j'en recopie ici la traduction française de 1932 par Maurice May Tellier.

III

COMMENT LE VIEUX NUKUNGASIK A VAINCU LA FAMINE

Il y a très longtemps, Nukungasik l'orphelin fut adopté. Ses parents l'avaient trouvé flottant tout seul sur une glace. Il grandit et devint le meilleur chasseur de sa famille. Il était fort et rapide. Et il chantait toujours. Et trois autres familles vivaient avec la sienne. Personne ne chassait les phoques et les morses avec autant d'adresse que lui. Un jour d'été où la banquise reculait trop par rapport aux années précédentes, un ours parvint jusqu'aux huttes et Nukungasik le tua d'un jet de harpon. À partir de ce moment, tout le monde l'appela l'ours qui chante. C'était l'époque où les humains apprenaient les noms des lieux que leur dictaient les baleines qu'ils suivaient.

Les années passèrent et il y eut de moins en moins de nourriture, de peaux, d'os et de rohart. Les oies revenaient toujours un peu plus tard. Et les phoques étaient malades et petits. Et les ours affamés attaquaient les chiens. Une année pire que les autres fut mortelle. Nukungasik perdit ses deux parents et sa femme, et il n'avait pas d'enfant. Les autres familles aussi comptaient beaucoup de morts. L'hiver était dur, il neigeait toujours et faisait très froid. Les hommes s'affaiblissaient. Ils construisirent alors un grand Qaggiq pour se réunir et discuter.

Nukungasik parla calmement devant les autres, qui l'écoutèrent. Il manipulait les objets que tous avaient amenés pour communiquer avec les esprits. Des colliers d'ossements, une statuette de femme et des lunettes solaires amenées par les géants de la mer. Il prit les colliers et raconta ce que les caribous connaissaient de Nuna, et où et quand il fallait retourner pour trouver les œufs d'eiders. Il prit la statuette de femme et raconta comment Sedna dominait la mer et où elle entraînait les morses. Il prit les lunettes solaires et les laissa aussitôt tomber. Nukungasik était soudainement un vieillard. Il raconta : « Je suis allé chez les anciens, qui m'ont expliqué comment vaincre la faim. Il faut croire ce que vous dit l'omble et le surprendre au bon moment. Il faut creuser la glace et attendre que les phoques viennent respirer. Il faut manger l'ours du nez au croupion, mais jeter son foie qui contient toute sa colère. »

Il raconta aussi tous les autres secrets des anciens que les humains avaient oubliés en pourchassant les baleines. Il termina son récit en disant : « Maintenant que vous savez comment trouver à manger, je vais vous laisser. Je n'ai plus de femme ni de parents. Je n'ai pas d'enfant et je suis un vieil homme. »

Nukungasik prit les lunettes solaires et partit sur la banquise et disparut dans la neige et la glace. Les hommes suivirent ses conseils et tous furent sauvés par les chasses abondantes. On eut de la viande à manger, les femmes confectionnèrent de nouveaux vêtements et élevèrent des enfants grands et forts. Chaque fois qu'un hiver difficile les mit en danger, ils construisirent un grand Qaggiq pour se réunir et se rappeler les paroles de Nukungasik. Quand ils sortaient du Qaggiq, ils apercevaient toujours, non loin, un ours qui chantait pour guider les animaux vers les chasseurs.

IV

Les contes inuits, désormais, me sont plus utiles que la bible de Jérusalem à un curé de village. Je ne saurais dire si c'est parce qu'ils confirment la fantasmagorie de mon quotidien, ou parce que je comprends, grâce à mon expérience de l'inexplicable, toute la charge de réalité qui les sous-tend. Mais, si elle m'a prouvé que je n'avais pas été le seul voyageur temporel, la légende de Nukungasik n'a pas résolu l'énigme du talisman pour autant. Je poursuivis mes recherches.

Dans le relevé de Pedersen, il n'y a aucune mention du matériau dans lequel sont sculptées ces lunettes. Traditionnellement, elles sont faites d'os de caribou ou de bois, et non de cuivre natif. Je vérifiai s'il existait d'autres transcriptions du conte dans le monde inuit et je n'en découvris qu'une, en inuktitut, publiée à Nuuk à la fin des années quatre-vingt. Je la fis traduire à l'Institut Avataq. Cette transcription était similaire, à quelques synonymes près, à la version française de Maurice May Tellier, hormis pour un élément primordial, celui qui m'intéressait, de surcroît. Dans cette version, l'objet que manipule Nukungasik n'est pas une simple *igaak,* cette visière d'os fissurée pour éviter la cécité des neiges, mais un *arvitattiup iyinga,* qui signifie littéralement, en français, « œil du voyageur ». Ce récit en inuktitut évoque la lourdeur du bijou et les sillons dans le métal autour du trou de la pupille, qui représentent un iris. Les mêmes que sur mon talisman. Ils n'avaient pu être gravés que par un forgeron. Les « géants de la mer » de la légende de Nukungasik n'étaient pas de costaux Inuits du Cuivre, venus en kayak par les chenaux pour troquer une dizaine d'outils aux familles de l'Est, mais de vrais géants, à la puissance impressionnante, aux armes imparables. Les Vikings.

Dans des miroirs en vis-à-vis, combien de sosies peuvent se succéder avant que le point de fuite ne dévie hors cadre ? Tout en retournant régulièrement dans le passé, en tentant de rédiger un mémoire sur les découvertes que je faisais, en entretenant de mon mieux les apparences d'une vie au présent, après avoir lu la totalité des contes traditionnels inuits et visité par le truchement de l'œil chaque village de l'Arctique à la recherche de variantes dans les formes orales du récit, je me lançai dans la lecture des Sagas. Je ne vous embêterai pas en détaillant le parcours académique que je suivis pour confirmer mon intuition. Sachez simplement que je lis, parle et écris aujourd'hui l'islandais et le norvégien, et que ce que je cherchais se trouvait dans un texte relativement obscur, dans la lignée des sagas miniatures appelées « Dits », intitulé *Sörla þáttur forvitna*. Je retranscris ci-dessous les chapitres appropriés tirés de la traduction française faite en 1978 par Boris Royer.

V

LE DIT DE
SÖRLI LE CURIEUX

Qualités de Sörli

À l'époque où Olaf Fils de Tryggvi fut couronné roi de Norvège, Njall le fermier venait de voir son fils Sörli partir pour une autre expédition. La ferme était dans le Gaulardal, mais Sörli Fils de Njall ne voulait pas travailler et préférait visiter les Lapons au Finnmark ou s'aventurer dans la forêt du sud-ouest. Comme il quittait toujours son père sans préavis pour voyager dans le royaume d'Olaf et même au-delà, il fut surnommé Sörli le Curieux. Njall pour sa part n'avait pas beaucoup d'argent, mais il était vaillant. Il put aider Sörli à se payer une esnèque. Comme il était grand et puissant, si grand qu'il devait se pencher pour franchir les portes de toutes les maisons du village, Sörli s'attira beaucoup d'admiration et vingt hommes s'embarquèrent avec lui. Dès lors il s'engagea dans des voyages de commerce et il livra même quelques assauts guerriers qui le rendirent redoutable aux yeux de ses rivaux.

Sörli franchit le grand fleuve
et rencontre Hild

La beuverie terminée, Sörli et son équipage, lassés de Risaland, appareillèrent pour la Norvège. Cependant, le ciel se couvrit et le brouillard se leva sur la mer, si bien qu'ils s'engagèrent sans le savoir dans le bras d'un fleuve inconnu qui les mena à une plage. Ils mouillèrent l'ancre et dressèrent leur bivouac dans la forêt. Ils dormirent. Le temps passa ainsi deux jours.

Le soir ils remarquèrent, dans une clairière illuminée par de grands feux, vingt femmes très belles et vingt chevaux blancs à la robe soyeuse et à la crinière décorée de bandelettes dorées. La plus belle des femmes était vêtue de rouge et portait de flamboyants bijoux. Toutes les autres se dévouaient pour elle. À Sörli, qui s'avançait en premier, elle dit : « Je suis Hild. Viens partager notre repas. Quel est ton nom ? » Il dit : « Je suis Sörli Fils de Njall, surnommé le Curieux. » Après le repas, Hild lui dit : « Voici nos tentes. Voulez-vous encore dormir dans la forêt ou plutôt avec nous ? »

Après trois nuits, les hommes durent repartir, et Hild dit à Sörli : « C'est vrai que tu es Curieux. Pour te récompenser, je t'offre ces présents, faits par mon père, le forgeron de la cour du roi Olaf. » Elle donna à Sörli deux pendentifs. L'un était un œil de cuivre, l'autre une main d'argent. Elle lui donna aussi une dague en or. Hild ajouta : « Mais, si tu les acceptes, tu dois m'accompagner à la cour du roi Olaf Fils de Tryggvi. Sinon, repars avec tes hommes les mains vides. »

Sörli mange avec le roi Olaf

Après la bagarre, Sörli fut escorté jusqu'à Olaf par deux gardes. Le roi lui dit : « Tu es fort et robuste et puissant, Sörli Fils de Njall, le Curieux. Tu mérites bien les présents que Hild Fille de Þorsteinn le forgeron t'a offerts. Ils ne sont pas laids et Hild n'est pas laide. Tu vas souper avec nous ce soir. »

Le jour passa et tout fut calme. On rejoua à la balle. Les tables furent mises. Le couvert était le plus riche qu'eût jamais vu Sörli, et les nappes étaient serties de pierres précieuses. Olaf s'avança vers Sörli et dit : « Sörli le Curieux, on te connaît désormais. Je te présente le grand Leif Fils d'Eric, le Chanceux. »

Leif lui dit : « Sörli, ta force dépasse les frontières. Es-tu chrétien comme moi ? Je repars demain pour le Groenland avec un prêtre. Viens avec moi. »

VI

Il n'est pas simple de rendre compte de tout ceci. Comment raconter ? Pire, comment témoigner ? Comment faire le récit d'une réalité plus dense et plus chargée que celle du reste du monde, une réalité hors norme, infinie ? Rendre compte de ce que j'ai vécu et senti, pour en créer non pas l'illusion, l'image approximative, mais la preuve par la démonstration ? Peine perdue. Les mots font autre chose.

Comme à tous les jours où je profite du présent, ce matin je suis allé marcher dans le champ qui occupe l'arrière de ma propriété et s'étend vers un bois. Je n'ai jamais su à qui appartenait ce champ jusqu'à récemment, quand des arpenteurs sont venus planter leurs trépieds dans le foin et tirer des droites, scrutant l'air dans leurs viseurs comme des mitrailleurs. Il y a des bornes orange partout, et mon terrain me paraît minuscule depuis qu'un inspecteur m'a averti de ne pas laisser mes pneus, mes briques et mes rouleaux de grillage au-delà de la ligne séparant ma terre de celle des autres. Celle d'un promoteur, en l'occurrence, qui l'a achetée à la municipalité et a commencé l'agrandissement des réseaux d'aqueduc et d'égout, en prévision du lotissement qui défigurera le paysage.

Je ne vois certes aucun inconvénient à ce que le monde se transforme. Rien n'est jamais pareil d'une seconde à l'autre. Même le rocher le plus stable, le mieux conservé, à l'abri des intempéries sous une paroi, que rien n'a déplacé depuis la dernière glaciation, porte en lui les empreintes du temps qui passe. D'infimes marques d'usure érodent son contour, ses cristaux changent de visage au gel, au dégel, se crispent et se détendent. Cette pierre fendra et ses moitiés à leur tour.

Je vais marcher dans ce champ et ce bois parce qu'ils évoluent lentement. Ils me procurent ce réconfort, cet apaisement que ne peuvent m'offrir mes voyages. Le présent a peut-être bel et bien la saveur tranquille qu'on prétend ne jamais avoir goûtée quand on pense avoir raté sa vie. Je vais marcher tous les jours pour entrer dans le mystère du corps, dans sa mémoire. Si on se consacre régulièrement à un exercice, on se moule à lui, on le devient. Je veux croire que le corps, avec un peu d'attention, déchiffre quelque chose de ce qui fait voler un essaim de chauves-souris exactement comme nage un banc de poissons – par vagues successives, en spirales sombres, dirigées par le schéma d'un tout qui vaut plus que la somme de ses parties, même infinies.

Je m'adonne à cette marche immémoriale et journalière par hygiène, pour donner une chance à l'incompréhension, pour faire contrepoids à la nécessité obsessionnelle de sauver, de préserver n'importe quoi de l'oubli, de colliger, de corriger, de dénuder, fébrilement. Je me suis engagé dans cette entreprise de préservation dès que j'ai compris ce que je pouvais accomplir grâce à l'œil de cuivre de mon arrière-grand-père. Qui ne l'aurait pas fait ?

Oui, je suis un vieil homme aujourd'hui, mais les années glissent sur ma peau, je me faufile entre elles comme une couleuvre dans les herbes. Vous qui lisez ceci, vous ne me croyez pas. Peu m'importe. Je pars demain à Trondheim à la recherche de la main d'argent.

TABLE

CLÉMENS, Éric
  L'Anna
DAVIES, Kevin
  Comp.
DE GAULEJAC, Clément
  Le livre noir de l'art conceptuel
DE KERVILER, Julien
  Les perspectives changent à chaque pas
DIMANCHE, Thierry
  Autoportraits-robots
DUCHESNE, Hugo
  Furie Zéro, bâtons
FARAH, Alain
  Quelque chose se détache du port
  Matamore n° 29
GAGNON, Renée
  Des fois que je tombe
  Steve McQueen (mon amoureux)
KEMEID, Olivier, Pierre LEFEBVRE
et Robert RICHARD (dirs)
  Anthologie Liberté *1959–2009 :*
  l'écrivain dans la cité – 50 ans d'essais
LAUZON, Mylène
  Holeulone
  Chorégraphies
LAVERDURE, Bertrand
  Sept et demi
  Lectodôme
LEBLANC, David
  La descente du singe
  Mon nom est Personne

Achevé d'imprimer au Québec en septembre 2012
sur les presses de l'imprimerie Gauvin.